On a systématiquement utilisé le terme « étatsunien » de préférence à « américain », par souci d'exactitude : les États-Unis ne contrôlent pas, du moins pas encore, tout le continent ; ils n'en sont tout au plus que l'État le plus ancien. Aucun pays du continent européen, si ancien soit-il, n'a jamais prétendu confisquer, pour se qualifier, l'adjectif « européen ».

INTRODUCTION

CHRONOLOGIE DU XXe siècle

Du même auteur

La France de 1940 à 1958
Armand Colin, coll. « Prépas », 1998

Colonisations et décolonisations françaises depuis 1850
Armand Colin, coll. « Prépas », 1999

En collaboration avec J.-F. Braunstein :
Manuel de culture générale
Armand Colin, coll. « Prépas », nouvelle éd. 2006

Bernard Phan

CHRONOLOGIE DU XXe siècle

Points Histoire

ISBN 978-2-7578-0205-2

© Points Histoire, mars 2007

Cette chronologie du XXe siècle ne prétend nullement à l'exhaustivité, mais se veut une chronologie raisonnée, ayant pour fil conducteur le souci de jalonner la lente affirmation de l'hégémonie états-unienne. L'affirmation de cette hégémonie n'a pas manqué de susciter des contestations. Dans un temps où la détestable mode du « politiquement correct » finit par obscurcir la réflexion, il n'est pas inutile de préciser que le terme « hégémonie » n'a ici aucune connotation péjorative. Les États-Unis ont assez clairement affirmé leur conviction qu'ils avaient une « destinée manifeste » et une légitimité naturelle à exercer un *leadership*. À chaque fois qu'ils ont proposé à leurs alliés de partager ce *leadership*, il était bien clair qu'il ne pouvait s'agir que d'un partage inégal. Rien que de très naturel : depuis 1945, les États-Unis sont la puissance dominante et, depuis la fin de l'URSS, la seule grande puissance. Les termes « superpuissance » ou « hyperpuissance » ont pour seul objectif de permettre de maintenir l'utilisation du terme « puissance » pour qualifier la France ou la Grande-Bretagne. Comme l'exprime si bien le mot prêté à Winston Churchill, « une puissance n'a pas d'amis, elle n'a que des intérêts », les États-Unis sont donc d'abord soucieux de la sauvegarde des leurs.

Tout au long du XXe siècle, les États-Unis ont progressivement affirmé leur impérialisme. La doctrine de la porte ouverte et le refus de la colonisation de vastes portions du monde par les puissances européennes n'étaient que les deux volets d'une même revendication : pouvoir agir économiquement partout où ils en avaient le désir. Sans prendre trop de risques, car, lorsque l'on est en passe de devenir, puis que l'on est devenu la première puissance du monde, on a beau jeu de prôner la compétition la plus ouverte possible.

Tant que dura la guerre froide, il fut à peu près impossible d'évoquer cet impérialisme étatsunien sans immédiatement être assimilé à un communiste, ou cryptocommuniste. On peut donc souhaiter que, l'URSS ayant disparu, le terme retrouve son acception banale, sans connotation partisane. Toute puissance dominante aspire à imposer son *imperium*, sa puissance, et donc la règle du jeu qui l'avantage. Dans un monde globalisé, les relations entre États restent toujours régies par les règles de la *realpolitik*. Mais celle-ci est plus facile à accepter quand on l'impose que quand on la subit.
En France, tout particulièrement, où les rapports avec les États-Unis prennent très vite un caractère passionnel, la seule expression de la réalité des faits est trop souvent assimilée à un sentiment d'hostilité. Or, constater la réalité de la politique des États-Unis et analyser clairement ses objectifs ne signifie pas obligatoirement adopter une attitude malveillante ou

hostile à leur égard. C'est exactement ce que rappelait Charles de Gaulle, difficile mais aussi très sûr allié des États-Unis, dans son allocution du 14 décembre 1965 : « En 1914 – que voulez-vous – nous étions en guerre contre Guillaume II, les Américains n'étaient pas là, ils sont arrivés en 1917 et ils ont fort bien fait, pour eux et pour tout le monde. En 1940, ils n'étaient pas là et nous avons été submergés par Hitler, et c'est en 1941, parce que les Japonais ont coulé une partie de la flotte à Pearl Harbor, que les États-Unis sont entrés en guerre. Loin de moi l'idée de méconnaître l'immense service qu'ils ont rendu, à eux, au monde et à nous-mêmes, en entrant dans la guerre en 1917 et en entrant dans la guerre en 1941. Je le sais bien, mais enfin je ne dis pas qu'ils sont anti-français parce qu'ils ne nous ont pas accompagnés toujours. Eh bien, je ne suis pas antiaméricain parce qu'actuellement je n'accompagne pas les Américains toujours, et en particulier, par exemple, dans la politique qu'ils mènent en Asie[1]. »

Par ailleurs, il convient de souligner à quel point cet impérialisme a la capacité de séduire, voire de fasciner, ceux-là mêmes qu'il exaspère. Or, tous les impérialismes n'ont pas ce privilège. Les adversaires des États-Unis dénonçant le leur et intimant aux *gringos* l'ordre de quitter l'Amérique latine et de rentrer à la maison sont parfois fortement désireux de franchir le Rio

1. Cité par André Passeron, *De Gaulle 1958-1969*, Bordas, coll. « Présence politique », Paris, 1972.

INTRODUCTION

Grande et d'accéder au rêve étatsunien. De même, dans les sociétés récemment libérées de l'impérialisme soviétique, le modèle étatsunien est encore paré de toutes les qualités et de tous les éléments de séduction. Dans quelques années, quand ces sociétés auront pris une plus juste mesure des choses, il y a fort à parier qu'elles porteront sur les États-Unis un regard beaucoup plus nuancé et probablement plus exact.

Il est trop tôt pour savoir si l'attentat de New York, qui a détruit le World Trade Center, sera la date marquant le début du XXIe siècle, comme, conventionnellement, 1914 marque celui du XXe. Mais, plus que ces actes de terrorisme, qui expriment autant l'impuissance de leurs auteurs que leur fanatique hostilité à l'égard des États-Unis, c'est probablement l'émergence des puissances chinoise et indienne qui rendra cette prépondérance étatsunienne aussi brève que le fut, jadis, la « prépondérance espagnole » analysée par Henri Hauser.

Il n'est pas inutile de rappeler qu'un événement peut être évoqué *via* des dates différentes. Cette possibilité n'existe pas pour le premier pas de l'homme sur la Lune, sauf à jouer sur l'heure, selon le fuseau horaire dans lequel se situe celui qui en parle. De même, dans le cas d'un règne, dès la mort du souverain, son successeur est roi puisque, selon l'adage, « le mort saisit le vif ». S'agissant d'un traité, on peut indiquer la date de sa signature. Mais il est possible de lui préférer celle de sa ratification, ou encore celle de son entrée en vigueur. L'élection du président des États-Unis est, dans cet ouvrage, indiquée par la date de désignation des grands électeurs. C'est alors qu'intervient le suffrage universel et, le mandat de ces grands électeurs étant impératif, certes le président n'est pas encore élu, mais, sauf la situation de 2000 en Floride, en principe les jeux sont faits.

CHRONOLOGIE DU

1890-1919

XXe siècle

Avant la Grande Guerre, l'expression « les Puissances » renvoie, sans qu'il soit nécessaire d'en énumérer les noms, au petit groupe de pays qui dominent le monde. Tous sont européens : Allemagne, Autriche-Hongrie, France, Grande-Bretagne, Italie, Russie. On pressent l'arrivée prochaine de nouveaux membres, en particulier des États-Unis, mais ils sont encore loin de jouer un rôle comparable à celui des plus anciens membres du « club ». On peut mesurer cette hégémonie collectivement assumée à leurs investissements financiers, comme au nombre de prix Nobel obtenus.

En ce qui concerne les prix Nobel de physique, chimie, physiologie ou médecine, pour la période antérieure à l'année 1919, les pays européens en obtiennent 46 et les États-Unis 2. Pour le prix Nobel de la paix, durant la même période, 15 récompensent des pays européens et deux les États-Unis.

Pour ce qui est de la puissance financière, les États-Unis sont débiteurs vis-à-vis des pays européens, avant 1914, à hauteur de plus de 25 milliards de francs-or. Toujours évalués en francs-or, leurs investissements extérieurs ne sont que de 18 milliards, en quasi-totalité investis sur le continent américain. En regard, la Grande-Bretagne a investi 98 milliards de francs-or, dont 34 en Amérique du Nord et 19 en Amérique latine ; la France 43 milliards, dont 2,1 en

Amérique du Nord et 2,9 en Amérique du Sud. Quant à l'Allemagne, sur 29 milliards investis, 4,6 le sont en Amérique du Nord et 4,8 en Amérique du Sud.
Même sur le plan industriel, les États-Unis sont qualitativement en retrait par rapport aux puissances européennes. L'industrie étatsunienne est ainsi incapable de fabriquer le canon de 75, trop complexe pour ses standards de production.

Cela n'empêche pas le gouvernement étatsunien de chercher à peser sur les affaires du monde. Même s'il a fait passer sous son autorité quelques territoires, il désapprouve la colonisation et surtout le monopole économique qu'imposent les Puissances dans leurs colonies. Celui-ci a l'inconvénient d'écarter les États-Unis de bien des richesses de ces marchés coloniaux, et d'autant de profits. Il n'y a guère que dans l'espace centre-américain et caraïbe que les États-Unis soient actifs, comme puissance dominante, ou presque. Il est vrai qu'ils considèrent cet espace comme leur « arrière-cour ».

1890 Publication du livre de l'amiral étatsunien Mahan, *The Influence of Sea Power upon History, 1660-1783*. Deux ans plus tard, il publie *The Influence of Sea Power upon the French Revolution and Empire, 1793-1812*. L'amiral analyse la nécessité, pour un pays qui veut être une puissance, de contrôler les voies maritimes de circulation et d'échanges, et donc celle de disposer de bases extérieures. De ce fait, il est un des théoriciens de l'impérialisme étatsunien.

28 décembre 1895 Première projection cinématographique à Paris, au Grand Café. Un art nouveau vient de naître ; mais certains capitaines d'industrie posent, de leur côté, les bases d'une activité industrielle. Ils s'appellent Gaumont, Pathé ou Warner. Installés à Hollywood, pour la lumière, les grands studios étatsuniens s'imposent immédiatement par la puissance de leurs moyens.

1896 Athènes organise les premiers jeux Olympiques modernes, fruit des efforts de quelques personnalités, dont Pierre de Coubertin.

1896 Theodor Herzl publie *L'État des Juifs*. Effrayé par la résurgence de l'antisémitisme en France au moment de l'affaire Dreyfus, Herzl pense que le seul moyen d'échapper à ces violences récurrentes est la création d'un État national juif.

1898 Victoire étatsunienne sur l'Espagne. Par le traité de Paris, l'Espagne cède aux États-Unis Guam, les Philippines et Porto Rico ; Cuba accède à l'indépendance, mais est en fait un véritable protectorat des États-Unis jusqu'en 1934. Ceux-ci s'y sont fait céder la base de Guantanamo. Cette même année 1898, les États-Unis annexent les îles Hawaï.

6 septembre 1899 Première note diplomatique étatsunienne désapprouvant toute partition de la Chine et prônant la politique de la porte ouverte. Cette doctrine vise à supprimer les restrictions commerciales opposées aux pays tiers par les puissances coloniales dans leurs possessions d'outre-mer.

1899 Le Japon obtient l'abrogation des mesures restreignant sa souveraineté, imposées par les États-Unis et les autres Puissances au moment de l'ouverture, en 1854.

1900 Freud publie *L'Interprétation des rêves* et signe par là la naissance de la psychanalyse.

1900 Révolte des Boxers, en Chine. Un corps expéditionnaire des Puissances, États-Unis et Japon inclus, la réprime, et la Chine subit une forte sanction supplémentaire, dont une lourde indemnité.

1902 Mise en service du premier barrage d'Assouan, en Égypte, outil essentiel de développement économique du pays.

1902 Traité d'alliance défensif entre la Grande-Bretagne et le Japon. Il s'agit principalement de contrer les ambitions asiatiques de la Russie et de dissuader la France de lui apporter son aide en vue d'acquisitions territoriales en Chine.

1902-1903 Sans quitter la Triplice, qui la lie à l'Allemagne et à l'Autriche-Hongrie, l'Italie se rapproche de la France pour accéder aux capitaux français dont elle a besoin.

1903 Le IIe Reich obtient la concession du chemin de fer de Bagdad.

1903 Les États-Unis reconnaissent la république de Panama et garantissent son indépendance en échange de leur souveraineté sur la zone du canal, dont ils s'apprêtent à reprendre la construction.

8 avril 1904 Entente cordiale franco-britannique. Les deux pays apurent leurs différends – en particulier, la France renonce à l'Égypte en échange du Maroc – sans pour autant conclure d'alliance.

1904-1905 Guerre russo-japonaise en Extrême-Orient. La flotte russe de la Baltique, après un long et pénible périple, est détruite dans le détroit de Tsushima les 27 et 28 mai 1905. Les Puissances découvrent que les « Macaques », comme les appelait le tsar, peuvent mettre en échec les Européens.

6 décembre 1904 Dans un discours, le président Theodore Roosevelt affirme le droit des États-Unis à intervenir dans les affaires d'un autre État du continent américain et à exercer des pouvoirs internationaux de police. On parle d'un « corollaire » de la déclaration de Monroe. Qu'une telle politique utilise le moyen du *big stick* (Theodore Roosevelt), de la « diplomatie du dollar » (Taft) ou du « bon voisinage » (Wilson), les États-Unis affichent clairement leur impérialisme. Cet impérialisme yankee reste limité aux territoires limitrophes des États-Unis, le reste de l'Amérique latine étant sous celui des Puissances européennes, plus particulièrement de la Grande-Bretagne.

22 janvier 1905 Dans une Russie en proie à des troubles depuis le début du siècle et confrontée à une guerre difficile contre le Japon, une révolution éclate à Saint-Pétersbourg. Le gouvernement impérial met un an pour reprendre le contrôle de la situation.

5 septembre 1905 Le traité de Portsmouth, aux États-Unis, sanctionne la victoire du Japon sur la Russie, en Mandchourie.

1906 Fondation de la Ligue musulmane en Inde britannique.

1907 Règlement des contentieux russo-britanniques, en particulier sur les zones limitrophes de leurs empires coloniaux (Perse, Afghanistan).

1907 Picasso peint *Les Demoiselles d'Avignon*. Ce tableau accentue l'abandon de la stricte représentation de la réalité par le peintre et s'inscrit dans le glissement de la peinture vers l'abstraction. À la même époque, le groupe de la Sécession, à Vienne, introduit dans la peinture une dimension onirique qui doit beaucoup aux travaux de Freud sur l'inconscient.

1908 Ford lance sa voiture de modèle T. À la veille de la Grande Dépression, plus de 15 millions d'exemplaires sont vendus.

Juillet 1908 Soulèvement des Jeunes-Turcs dans l'Empire ottoman, dont ils veulent enrayer le déclin. Ce déclin leur semble dû pour partie à l'islam.

5 octobre 1908 L'Autriche-Hongrie annexe la Bosnie-Herzégovine, accroissant de ce fait le nombre de ceux qui pensent, comme le nationaliste allemand Ritter von Schönerer, qu'« il faut détruire l'Autriche-Hongrie ».

1910 Le statut de dominion (statut particulier de *self-government* d'un territoire dans l'Empire britannique) est accordé à l'Union sud-africaine.

1910-1920 Guerre civile au Mexique. En 1915, les États-Unis envoient les *marines*. Cette intervention s'inscrit dans une série d'opérations militaires entre 1912 et 1924 en Amérique centrale et caraïbe pour garantir les intérêts étatsuniens.

22 août 1910 Le Japon annexe la Corée, à laquelle il avait imposé son protectorat le 17 novembre 1905.

5 octobre 1910 Proclamation de la république au Portugal.

1er janvier 1912 Après la révolution chinoise, proclamation de la république à Nankin. Sun Yat-sen en devient le président, mais doit s'effacer devant Yuan Shikai.

30 mars 1912 Le traité de Fez établit le protectorat français sur le Maroc, à l'exception du Rif, qui revient à l'Espagne, la Grande-Bretagne refusant que la France contrôle la rive méridionale du détroit de Gibraltar.

30 juillet 1912 Mort de Meiji tenno, empereur du Japon qui, depuis 1868, conduisait la politique de modernisation du pays.

18 octobre 1912 Par le traité de Lausanne, l'Empire ottoman cède à l'Italie, qui rêve d'un vaste empire colonial, la Cyrénaïque, la Tripolitaine, ainsi que les îles grecques du Dodécanèse. Mais la vigoureuse résistance animée par les Senoussis, puis l'entrée en guerre de l'Italie en 1915 cantonnent la présence italienne dans les villes littorales.

1912 Pour faire barrage à un soulèvement nationaliste, les États-Unis envoient les *marines* au Nicaragua, qu'ils placent *de facto* sous leur influence.

1913 Congrès syrien de Paris, qui exprime l'épanouissement du nationalisme arabe par le refus de la politique d'assimilation envisagée par les Jeunes-Turcs.

27 avril 1913 Yuan Shikai obtient d'un consortium de banques occidentales un prêt pour la réorganisation de la Chine. Le président Wilson, au nom de la doctrine de la porte ouverte, obtient des banques étatsuniennes qu'elles se retirent de ce consortium et ne soient pas parties prenantes de l'opération.

1913 Henry Ford installe un convoyeur mécanisé, ou chaîne de montage, dans ses usines de Détroit. Ce mode de production bouleverse l'industrie et s'impose dans le monde jusqu'au terme des Trente Glorieuses (1945-1975), faisant des États-Unis le pays de référence pour l'organisation industrielle. Louis Renault essaie d'implanter ce mode de production dans son entreprise avant 1914, mais renonce devant l'hostilité de ses ouvriers.

28 juin 1914 À Sarajevo, assassinat de l'archiduc François-Ferdinand, héritier du trône austro-hongrois, par des nationalistes serbes.

28 juillet 1914 L'Autriche-Hongrie, sûre du soutien de l'Allemagne, déclare la guerre à la Serbie.

1er août 1914 Le IIe Reich déclare la guerre à l'Empire russe, et le 3 août à la France.

4 août 1914 La Grande-Bretagne déclare la guerre à l'Allemagne qui, en l'envahissant, a violé la neutralité de la Belgique.

6 août 1914 L'Empire austro-hongrois déclare la guerre aux pays en guerre contre l'Allemagne.

18 août 1914 Wilson lance un appel solennel aux États-uniens, leur demandant de respecter une stricte neutralité, y compris psychologique, vis-à-vis des pays qui viennent d'entrer en guerre. La Grande-Bretagne ayant, au mépris des règles internationales, coupé les câbles télégraphiques sous-marins qui relient l'Allemagne au monde extérieur, le gouvernement des États-Unis met gracieusement le câble du Département d'État à disposition du gouvernement allemand.

23 août 1914 Le Japon déclare la guerre à l'Allemagne, mais entend ne pas agir hors d'Extrême-Orient.

2 novembre 1914 La Russie déclare la guerre à l'Empire ottoman.

5 novembre 1914 La France et la Grande-Bretagne déclarent la guerre à l'Empire ottoman.

17 novembre 1914 Fin de la guerre de mouvement sur le front Ouest ; les armées s'enterrent dans les tranchées jusqu'en mars 1918.

18 décembre 1914 La Grande-Bretagne décide unilatéralement de placer l'Égypte sous le statut de protectorat. Jusqu'alors, la présence britannique n'était qu'une présence *de facto*.

1915 *Naissance d'une nation* de David W. Griffith. Ce film, comme *Intolérance*, du même réalisateur, l'année suivante, place dès ses débuts le cinéma étatsunien parmi les plus importants, et Griffith devient pour nombre de réalisateurs une référence, du fait de sa contribution à la création du langage cinématographique.

18 janvier 1915 Le Japon présente au gouvernement chinois ses « 21 demandes », dont l'intégrale application équivaudrait à un protectorat nippon sur la Chine.

26 avril 1915 Par le traité secret de Londres, l'Italie se joint au camp de l'Entente. Depuis 1914, un courant interventionniste, dans lequel s'active Mussolini, pousse à l'entrée en guerre de l'Italie. La promesse de recouvrer les terres irrédentes et d'obtenir des compensations coloniales pèse lourd dans la décision.

24 octobre 1915 Lettre du Britannique Mac-Mahon à Hussein, chérif de La Mecque, évoquant la création d'un royaume arabe au Proche-Orient ottoman en contrepartie d'une aide militaire arabe aux Britanniques. Pour Londres, ce royaume arabe est une éventualité négociable ; pour les Hachémites, c'est une chose acquise.

1915 Les Turcs reprennent le contrôle de l'Anatolie orientale, après l'invasion russe, et se livrent à des massacres et déportations d'Arméniens.

1916 Diverses tentatives de paix échouent, telle celle du Saint-Siège.

1916 Henri Barbusse obtient le prix Goncourt pour son roman *Le Feu*, qui dénonce les horreurs de la guerre.

21 février-24 juin 1916 Bataille de Verdun. Durant de longs mois, des combats très durs entraînent de lourdes pertes, sans offrir de résultats à aucun des deux camps.

16 mai 1916 Les accords Sykes-Picot préparent un partage du Proche-Orient ottoman entre France et Grande-Bretagne, sans s'embarrasser des promesses faites à Hussein.

6 juin 1916 Mort de Yuan Shikai. La Chine passe sous la coupe des « seigneurs de la guerre », dont les affrontements font voler en éclats son unité. Ces *warlords* sont souvent les marionnettes de puissances étrangères qui, indirectement, contrôlent ainsi de plus ou moins vastes portions de la Chine.

9 janvier 1917 Le gouvernement allemand décide la guerre sous-marine à outrance, décision insupportable pour les États-Unis.

8-15 mars 1917 Révolution à Saint-Pétersbourg. Le 15 mars, le tsar Nicolas II abdique.

6 avril 1917 Les États-Unis déclarent la guerre à l'Allemagne, mais ne sont qu'associés à l'alliance que constitue la Triple Entente. De ce fait, ils ne sont tenus par aucun des engagements diplomatiques de cette alliance.

17 avril 1917 Retour en Russie de Lénine, qui rend publiques les « Thèses d'avril », en concordance avec les aspirations profondes de la population russe, et qui valent aux bolcheviques une grande audience.

14 août 1917 La Chine déclare la guerre à l'Allemagne. L'objectif est de pouvoir participer à la négociation finale et d'y obtenir le rétablissement de sa souveraineté, fortement entamée par les « traités inégaux » imposés par les Puissances depuis la guerre de l'Opium, en 1842. Elle compte beaucoup sur l'appui étatsunien.

20 août 1917 Le secrétaire d'État britannique à l'Inde déclare, devant la Chambre des communes, que le gouvernement envisage, pour l'Inde, « le développement d'institutions autonomes, en vue du passage progressif à un gouvernement responsable dans le cadre de l'Empire britannique ». Les Indiens interprètent cette déclaration comme l'annonce de l'attribution prochaine du statut de dominion.

8-10 septembre 1917 En Russie, l'échec du putsch du général Kornilov ouvre aux bolcheviques la voie vers le pouvoir.

24-25 octobre 1917 Les bolcheviques prennent le pouvoir à Petrograd.

24 octobre-9 novembre 1917 Sévère défaite italienne à Caporetto.

2 novembre 1917 La Grande-Bretagne, par la déclaration Balfour, annonce unilatéralement sa volonté de contribuer à la construction d'un « foyer national juif » en Palestine. Les demandes de précisions française et italienne restent sans réponse.

15 novembre 1917 Décret sur les nationalités qui reconnaît à tout peuple vivant sous la souveraineté de la Russie ex-tsariste de choisir librement son destin. Toute tentative de se prévaloir de ce droit est cependant sévèrement réprimée par les bolcheviques.

7 décembre 1917 Création de la Tcheka, police politique du régime bolchevique.

15 décembre 1917 Armistice entre la Russie et les Puissances centrales.

8 janvier 1918 Dans son « Message sur l'état de l'Union », Wilson expose les buts de guerre des États-Unis (« Quatorze points » de Wilson), espérant amener les autres belligérants à énoncer les leurs.

15 janvier 1918 Création de l'Armée rouge par Trotski.

19 janvier 1918 Dissolution, dès son ouverture, de l'Assemblée constituante dans laquelle les bolcheviques n'ont pas la majorité.

3 mars 1918 Signature de la paix entre la Russie et l'Allemagne à Brest-Litovsk. Lénine doit imposer à Trotski la signature de ce traité aux clauses territoriales très dures pour la Russie.

Mars 1918 L'Allemagne reprend la guerre de mouvement à l'Ouest pour essayer de profiter de la supériorité temporaire que lui donne la cessation des combats à l'Est.

17 avril 1918 Foch est nommé « général en chef des armées alliées ». Son autorité s'exerce aussi sur les troupes étatsuniennes.

18 juillet 1918 Déclenchement de la contre-offensive alliée, avec engagement des troupes étatsuniennes du général Pershing. Victorieuse, elle ne permet toutefois pas de porter les combats sur le sol allemand.

4 octobre 1918 Sur la base des « Quatorze points » de Wilson, le gouvernement allemand demande aux États-Unis l'ouverture de négociations d'armistice. Wilson exige de négocier avec un gouvernement démocratique. Pendant ce même mois d'octobre, l'Empire austro-hongrois se désagrège.

28 octobre-9 novembre 1918 De la garnison de Kiel à Berlin, l'agitation révolutionnaire se propage en Allemagne. Le haut commandement est hanté par la peur de ne pas pouvoir sauver l'armée allemande.

31 octobre 1918 Armistice entre l'Empire ottoman et les Alliés.

3 novembre 1918 Armistice austro-italien.

9 novembre 1918 Ebert remplace Max de Bade à la chancellerie du IIe Reich. Abdication de l'empereur Guillaume II. Pour nombre d'Allemands, la défaite est une conséquence de la démocratie et le fruit de la trahison des socialistes. En y ajoutant le fait que les armées alliées ne sont pas entrées en Allemagne, nationalistes et nazis trouvent dans cet ensemble les matériaux pour construire la légende du « coup de poignard dans le dos » porté aux troupes allemandes.

11 novembre 1918 Armistice avec l'Allemagne sur la base des « Quatorze points », mais Foch a réussi à imposer des clauses très contraignantes.

1er décembre 1918 Proclamation unilatérale d'un royaume des Serbes, Croates et Slovènes par un conseil national créé le 28 octobre précédent. Très vite, la vie politique de ce nouvel État prend un caractère conflictuel, et, en juin 1921, les Croates boycottent le vote de la Constitution yougoslave.

Fin 1918 Création du parti du Wafd, en Égypte, pour obtenir de la Grande-Bretagne la fin du protectorat et le rétablissement de la souveraineté du pays.

Fin 1918-printemps 1921 Guerre civile en Russie, avec une brève aide des Américains, Anglais, Français et Japonais aux Russes blancs contre les bolcheviques.

1919 Le directeur de l'école des beaux-arts de Weimar, Gropius, crée Das Staatliche Bauhaus Weimar.

C'est l'aboutissement d'une réflexion commencée avant la guerre et qui est analogue à celle conduite par Le Corbusier ou le mouvement des Arts and Crafts, en Angleterre. Il s'agit de repenser la démarche esthétique, pour mieux l'associer à la technique moderne et valoriser ce que peuvent avoir de beau les matériaux nouveaux comme le béton, le verre ou l'acier. Après 1933, la plupart des membres de l'école trouvent refuge aux États-Unis. La puissance de l'Académie des beaux-arts et sa conception du beau font que la France est peu perméable à ces courants.

1919 Proust obtient le prix Goncourt pour son roman *À l'ombre des jeunes filles en fleur*, paru l'année précédente. Apogée du roman, il en annonce aussi les évolutions, comme *Ulysse* de Joyce.

1919 John Reed publie à New York, sur la révolution bolchevique, *Dix jours qui ébranlèrent le monde*.

1919 Le Bloc national remporte les élections législatives en France, dans l'enthousiasme de la victoire.

4 janvier 1919 Rencontre du prince Fayçal et du président de l'Organisation sioniste mondiale Chaïm Weizmann, qui aboutit à un accord : le prince hachémite accepte la déclaration Balfour, mais en conditionne l'application à la création du royaume arabe promis par la Grande-Bretagne à son père, Hussein.

6-11 janvier 1919 Semaine rouge à Berlin, où la révolution spartakiste menace le gouvernement. Elle est noyée dans le sang par la social-démocratie et l'ex-armée impériale. Jusqu'en 1924-1925, l'Allemagne connaît de graves troubles, allant jusqu'au meurtre d'hommes politiques, et une crise financière majeure.

16 janvier 1919 Le XVIIIᵉ amendement entre en application et instaure la prohibition des boissons alcoolisées aux États-Unis.

1919-1947

CHRONOLOGIE DU XXe siècle

La guerre change complètement la donne. À son issue, les États-Unis sont dorénavant la première puissance d'un monde qui attend beaucoup d'eux. De créancières des États-Unis, les puissances européennes, sans en être très gravement dépendantes, sont devenues leurs débitrices. La fragilité de leurs monnaies donne à Washington un fort moyen de pression sur des gouvernements très désireux de redonner à celles-ci leurs valeurs d'avant-guerre. Le règlement de la guerre se fait sur des bases étatsuniennes et les idées de Wilson suscitent un très grand enthousiasme, un peu partout dans le monde. Plus particulièrement chez les peuples colonisés, mais aussi chez les peuples du continent européen insatisfaits des frontières dans lesquelles ils doivent vivre. La recomposition de la carte de l'Europe en est une conséquence, mais décidée dans l'urgence, sans projet réfléchi et sans négociation pour préciser les droits des minorités ou leur éventuel déplacement.

Or, aux États-Unis, les esprits n'ont pas évolué au même rythme, et la population, à l'idée de s'impliquer dans les affaires du reste du monde, est comme saisie d'un vertige. Le monde extérieur lui paraît dangereux et la crainte de la subversion révolutionnaire est très forte. Les États-Unis sont donc actifs dans le monde, mais refusent de se lier par des engagements contraignants (*non entanglement*), car ils ne veulent à aucun prix être à nouveau mêlés à une guerre en Europe. Il n'est pas justifié, pour autant, de parler d'isolationnisme.

Cette abstention laisse les puissances européennes affaiblies incapables de redonner au monde un équilibre durable. Le règlement de la guerre, imposé d'une certaine manière par les États-Unis, mais dont l'application incombe finalement aux seuls pays européens, se révèle une tâche trop lourde pour eux. La prospérité des années 1920 permet de masquer les difficultés, mais la dépression des années 1930, née aux États-Unis, finit par atteindre tous les pays, aggrave les tensions et précipite la marche à la guerre. Les causes de celles-ci sont le plus souvent des problèmes non ou mal résolus en 1919.

Si l'on reprend les critères de mesure des prix Nobel et des indices économiques, à la veille du second conflit mondial, les États-Unis ne sont pas encore la puissance dominante : en ce qui concerne les prix Nobel scientifiques, entre 1919 et 1945, ils en reçoivent 14, mais les pays européens en totalisent 60. Pour ce qui est des Nobel de la paix, les États-Unis en reçoivent 5 et les pays européens 15.

En 1938, les quinze pays d'Europe occidentale dégagent un PNB cumulé de 76 milliards de dollars, contre 67 pour les États-Unis, et ils réalisent 45,8 % des exportations et 54,2 % des importations mondiales. On comprend pourquoi René Girault et Robert Frank intitulent leur ouvrage d'histoire des relations internationales *Turbulente Europe et nouveaux mondes*.

18 janvier-28 juin 1919 Conférence de la Paix que Wilson vient présider en personne, à Versailles, et à travers laquelle il veut transformer les relations internationales. Il fait approuver la création de la SDN et remplacer l'indemnité de guerre forfaitaire par des réparations justifiées par une responsabilité, en l'occurrence celle de l'Allemagne. Les nationalistes d'Indochine, d'Algérie et de Tunisie adressent à Wilson des *memoranda* dans l'espoir de bénéficier du droit des peuples à disposer d'eux-mêmes inclus dans les « Quatorze points ». Ils ne reçoivent aucune réponse, ni n'obtiennent satisfaction. Pour obtenir l'accord du Japon pour la création de la SDN, Wilson renonce à soutenir les revendications de la Chine, qui sont pourtant défendues par un puissant lobby aux États-Unis. Wilson quitte la conférence le 29 juin 1919, mais elle poursuit ses travaux jusqu'en 1921.

Janvier 1919-juillet 1921 Guerre en Irlande entre l'IRA et les forces britanniques. Cette question irlandaise constitue un efficace moyen de pression sur la Grande-Bretagne que n'hésitent pas à utiliser les États-Unis, où la communauté irlandaise est particulièrement influente.

2 mars 1919 Fondation à Moscou de la IIIe Internationale, appelée aussi Komintern. Elle doit assurer la coordination entre les partis communistes des différents pays. Ces partis, en y adhérant, souscrivent à 21 conditions qui sont autant d'engagements.

21 mars-1er août 1919 La tentative révolutionnaire de Béla Kun, en Hongrie, échoue.

28 avril 1919 Adoption du statut de la SDN par la conférence de la Paix. Le document est inclus dans le traité de Versailles. La SDN doit unir les États, dont le principe des nationalités a accru le nombre, dans une commune politique de paix.

4 mai 1919 En Chine éclate le mouvement du 4 mai pour protester contre la décision de la conférence de Versailles d'attribuer au Japon les possessions allemandes en Chine. Il commence par des manifestations d'étudiants puis d'ouvriers, des grèves, puis un boycott des produits étrangers. Ces violences xénophobes, en particulier antijaponaises, durent plusieurs semaines.

23 mai 1919 Fondation des Fasci Italiani di Combattimiento par Mussolini, à Milan, dans le contexte de grave agitation sociale qui caractérise les années 1919 et 1920.

28 juin 1919 Signature du traité de Versailles par l'Allemagne. Non négocié, comportant des clauses excessives, il est considéré comme un *diktat* par les Allemands, qui n'ont qu'un objectif : l'effacer. La Chine refuse de le signer. Jusqu'en 1920 sont établis les traités de Saint-Germain-en-Laye avec l'Autriche, de Trianon avec la Hongrie, de Neuilly avec la Bulgarie et de Sèvres avec la Turquie.

11 août 1919 Promulgation de la Constitution de la république de Weimar, laquelle est, pour beaucoup d'Allemands, illégitime car fruit d'une trahison.

11 septembre 1919-31 décembre 1920 Occupation de Fiume par les *arditi*, militants nationalistes de Gabriele D'Annunzio. Une grande partie de l'opinion italienne est révoltée par les décisions de Versailles, qui ne respectent pas les promesses territoriales faites à l'Italie en 1915, et dénonce la « victoire mutilée ».

23 décembre 1919 Le Government of India Act déçoit profondément les nationalistes indiens, qui n'obtiennent pas le statut de dominion et la reconnaissance de leur souveraineté comme les colonies blanches. La loi ne leur accorde qu'une représentation dans les assemblées locales et à l'Assemblée centrale.

1919-12 mars 1921 Guerre russo-polonaise. Le traité de Versailles avait fixé la frontière germano-polonaise, mais pas la frontière avec la Russie, qui n'était pas présente à Versailles. La conférence avait proposé la ligne Curzon, que le gouvernement polonais récuse. La France aide la Pologne à étendre son territoire vers l'est.

1920-1922 La Turquie, sous la direction de Mustafa Kemal, dénonce le traité de Sèvres (18 août 1920) et, au terme d'une guerre victorieuse et grâce à des concessions des ex-Alliés, obtient, par le traité de Lausanne du 24 juillet 1923, de conserver toute l'Asie Mineure et un petit territoire européen. Kemal gagne ainsi l'appellation d'Atatürk.

1920 Un PC est créé en Corée et en Indonésie.

1920 Conférence de Bakou. La IIIe Internationale propose aux peuples colonisés de les aider dans leur lutte d'émancipation. En attaquant les puissances dans leurs colonies pour les affaiblir, Lénine pense accélérer le déclenchement de la révolution mondiale.

1920 Hitler prend la direction du NSDAP, qui rend public son programme en 25 points.

1920-1921 Crise économique qui affecte la plupart des pays, à la suite de la reconversion brutale de l'économie de guerre en économie de paix. Entre 1921 et 1924, selon les pays, commence la période de prospérité. Les États-Unis y jouent un rôle moteur par leurs investissements en Europe et l'importance de leurs engagements financiers.

16 janvier 1920 Première réunion du Conseil de la SDN, à Paris. Dans de nombreux pays, la SDN suscite de grands espoirs. L'Amérique latine, par exemple, y voit un moyen de contenir l'impérialisme yankee.

8 mars 1920 Le Congrès général syrien, réuni à Damas, proclame Fayçal roi de la Syrie « indépendante dans ses limites naturelles ».

19 mars 1920 Le Sénat des États-Unis refuse de ratifier le traité de Versailles. Les États-Unis ne sont donc plus liés par aucune de ses clauses. Ils ne font pas partie de la SDN, où les puissances européennes, en dépit de leur affaiblissement, peuvent faire prévaloir leurs intérêts. Ce choix rend caduque la garantie d'assistance que les États-Unis avaient donnée à la France en cas d'invasion allemande, et à laquelle la Grande-Bretagne s'était associée.

23 avril 1920 Ouverture de la première Grande Assemblée nationale à Ankara. Elle nomme Mustafa Kemal président du comité exécutif, puis décide la déchéance du sultan.

25 avril 1920 L'accord de San Remo établit les mandats britanniques et français au Proche-Orient ottoman. La SDN le ratifie en 1922. Le partage de l'espace ne correspond pas au projet Sykes-Picot. Les populations de la région ne souhaitent aucune tutelle. S'il faut en subir une, celle des États-Unis a leur préférence. Seuls les maronites penchent pour la France. La Grande-Bretagne doit mettre en application la déclaration Balfour, dont la validité est reconnue par la communauté internationale. Le royaume arabe promis à Hussein n'est pas créé.

25 juillet 1920 Les troupes françaises entrent à Damas et imposent le mandat français.

1er septembre 1920 Proclamation de l'État du Liban par son tuteur français.

3 novembre 1920 Élection de Harding à la présidence des États-Unis. À sa mort, en août 1923, son vice-président, Coolidge, lui succède.

Décembre 1920-11 février 1922 Très puissant mouvement de non-coopération, en Inde, à l'appel du congrès de la Ligue musulmane et du mouvement bengali. Les importations de tissus étrangers chutent de 50 % en valeur.

1921-1924 Les *marines* se retirent de la République dominicaine, où ils étaient depuis mai 1916.

28 février 1921 Signature du premier traité d'amitié soviéto-afghan.

28 février 1921 Mutinerie de la garnison de Kronstadt, dont la commune est sauvagement réprimée du 8 au 18 mars.

Mars 1921 Le Xe congrès du PC russe approuve le lancement de la NEP. Il s'agit de reconstruire une économie détruite par le communisme de guerre, après les dégâts opérés par la guerre mondiale. Des États-uniens y participent.

15 mai 1921 Vote de la loi limitant l'immigration aux États-Unis. Elle est rendue plus restrictive encore en 1924. La décision s'inscrit dans une attitude de méfiance à l'égard de l'étranger et de peur de la subversion communiste.

20 mai 1921 La Chine, qui n'avait pas signé le traité de Versailles, signe un traité de paix avec l'Allemagne, qui renonce à tous les avantages découlant des traités inégaux du XIXe siècle. Ce retour au statut de pays respectueux de la souveraineté chinoise lui vaut quelques avantages, comme par exemple celui d'ouvrir des établissements universitaires.

23-31 juillet 1921 Création du PCC au congrès de Shanghai. La même année, création clandestine du PC japonais.

Juillet 1921-mai 1926 Au Maroc, la sévère défaite espagnole d'Anoual déclenche la guerre du Rif. Dans
les deux dernières années, la France et l'Espagne
s'allient et, sur le terrain, Pétain et Franco conju-
guent leurs efforts contre Abd el-Krim.

25 août 1921 Les États-Unis signent la paix avec
l'Allemagne par un traité séparé, de même
qu'avec l'Autriche et la Hongrie.

12 novembre 1921-6 février 1922 Les États-Unis organisent
la conférence de Washington. Elle porte sur
le désarmement naval et les problèmes en
Extrême-Orient. Pour n'avoir pas soutenu la
Chine à Versailles, le gouvernement des États-
Unis est régulièrement et sévèrement critiqué
dans l'opinion étatsunienne. La conférence a
donc pour but de « corriger Versailles ». Le
Japon renonce aux acquisitions territoriales que
lui avait reconnues la conférence de Versailles. Il
accepte également d'appliquer à sa force navale
les mesures de limitation des marines de guerre.
Appuyés par les dominions, les États-Unis
obtiennent en outre que la Grande-Bretagne ne
reconduise pas son alliance de 1902 avec le
Japon.

28 février 1922 La Grande-Bretagne met unilatéralement
fin au protectorat sur l'Égypte, sans pour autant
rétablir la souveraineté complète de celle-ci. Les
Égyptiens contestent leur nouveau statut.

10 avril-19 mai 1922 Conférence monétaire de Gênes.
Adoption du Gold Exchange Standard. Les monnaies ne sont désormais plus seulement gagées

sur l'or mais également sur les monnaies convertibles en or, en particulier le dollar.

1922 John Dos Passos publie *Trois soldats*, puis, en 1923, *Les Rues de la nuit* et, en 1925, *Manhattan Transfer*. L'auteur appartient, comme William Faulkner, à la « génération perdue », qui déplore les conséquences de la guerre sur les individus et la société étatsunienne. Ces romanciers étatsuniens proposent, avec leurs œuvres, de nouvelles formes d'écriture qui influencent les romanciers du monde entier.

4 avril 1922 Staline prend la direction du secrétariat du comité central du parti bolchevique, qui lui donne une très solide position de pouvoir.

16 avril 1922 Traité de Rapallo entre l'Allemagne et la Russie bolchevique. Les deux pays s'accordent la reconnaissance diplomatique réciproque, annulent leurs dettes respectives. En outre, l'URSS autorise la Reichswehr à s'entraîner en Russie à l'utilisation des armes lourdes qui lui sont interdites par le traité de Versailles (artillerie lourde, blindés, avions).

29 octobre 1922 Le roi Victor-Emmanuel III cède devant la violence fasciste, qui se développe depuis le printemps, et charge Benito Mussolini de constituer le gouvernement italien. En six ans, s'installe en Italie un régime totalitaire.

30 décembre 1922 Le traité qui fonde l'URSS est signé par la Russie, l'Ukraine, la Biélorussie et la Transcaucasie.

1923-1930 Le général Primo de Rivera impose sa dictature en Espagne avec l'accord du roi que, par dérision, une partie de l'opinion surnomme « Secundo de Rivera ».

11 janvier 1923 Occupation de la Ruhr par les troupes franco-belges, malgré l'hostilité anglo-américaine, pour prendre un gage et accélérer les négociations sur les réparations. La politique de résistance passive décidée par les Allemands entraîne l'effondrement de la monnaie allemande.

29 octobre 1923 Proclamation de la République turque. Sa capitale est fixée à Ankara.

9 novembre 1923 Échec de la tentative de putsch d'Adolf Hitler à Munich.

15 novembre 1923 Réforme monétaire conduite par Horace Schacht et fin de l'hyperinflation en Allemagne.

1924 André Citroën organise la Croisière noire, dont les autochenilles vont de Colomb-Béchar à Tananarive. À la même époque, il introduit dans son usine du quai de Javel les chaînes de montage, comme dans les usines Ford des États-Unis.

1924 On parle de dopage à l'occasion du Tour de France.

21 janvier 1924 Mort de Lénine.

31 janvier 1924 Ratification de la Constitution de l'URSS.

3 mars 1924 Mustafa Kemal fait abolir le califat. La mesure ébranle le monde musulman, mais aucun pays ne va jusqu'au bout de sa volonté de le rétablir.

1924 Le Cartel des gauches gagne les élections législatives en France.

31 mai 1924 Traité sino-soviétique par lequel la Chine reconnaît l'URSS qui, elle, renonce au bénéfice des avantages accordés au gouvernement tsariste en vertu des « traités inégaux ».

10 juin 1924 En Italie, le dirigeant socialiste Giacomo Matteotti est assassiné par des sicaires fascistes. En choisissant de riposter par un retrait de la vie politique et non pas par l'offensive, l'opposition ouvre aux fascistes la voie du pouvoir sans partage.

16 juillet-5 août 1924 La conférence de Londres adopte le plan provisoire établi par l'Étatsunien Dawes pour le règlement des réparations allemandes. L'Étatsunien Parker est chargé de diriger les organismes d'application.

1924 André Breton publie *Le Manifeste du surréalisme*. Issu d'une scission du mouvement Dada, au début des années 1920, le surréalisme exprime, lui aussi, une révolte contre les valeurs qui n'ont pas pu empêcher les horreurs de la Grande Guerre. Il doit aussi beaucoup aux travaux de Freud sur le rêve et l'inconscient. Breton, dans sa définition, insiste sur la « toute-puissance du désir » et l'importance de l'écriture automatique, « dictée de la pensée, en l'absence de tout contrôle exercé par la raison, en dehors de toute préoccupation esthétique ou morale ». Certains membres du courant rejoignent le mouvement communiste. Le surréalisme a exercé une profonde influence sur l'ensemble du siècle.

28 octobre 1924 Reconnaissance *de jure* de l'URSS par la France et la Grande-Bretagne.

5 novembre 1924 Coolidge est élu président des États-Unis.

5 décembre 1924 Le roi Ibn Saoud s'empare de Médine et, ayant déjà chassé les Hachémites de La Mecque, devient « protecteur des lieux saints » de l'islam.

13 mars 1925 La livre sterling est à nouveau convertible à sa parité d'avant-guerre avec le dollar états-unien : 4,87 dollars pour une livre. Ce choix pénalise lourdement l'économie britannique.

19 juillet 1925-juillet 1926 Dans la Syrie sous mandat français, insurrection du djebel Druze qui se propage jusqu'à Damas.

Août 1925 Retrait des *marines* du Nicaragua, où les États-Unis conservent des droits, des bases et où ils ont placé un fidèle à la tête de la garde nationale.

5-16 octobre 1925 À la conférence de Locarno, l'Allemagne accepte ses frontières occidentales. L'Allemagne est admise à la SDN, décision effective le 8 septembre 1926.

12 décembre 1925 Reza Khan installe en Perse la nouvelle dynastie Pahlavi. Son régime autoritaire met un terme à l'instabilité qui sévit depuis la Grande Guerre, principalement du fait des ingérences extérieures, anglaise et russe.

1926 Création du Commonwealth. L'idée d'organiser les relations entre la Grande-Bretagne et ses territoires coloniaux était dans l'air depuis la fin du XIXe siècle, et la mesure est davantage la sanction d'usages déjà en application qu'une véritable nouveauté.

20 mars 1926 Grâce à l'appui des communistes, Jiang Jieshi s'impose à la tête du Guomindang, allié au PCC depuis 1922.

23 mars 1926 Promulgation de la Constitution du Liban qui organise la vie politique en répartissant les fonctions sur une base confessionnelle et démographique.

1926 Promulgation en Italie des lois fascistissimes.

Juin 1926 Le congrès musulman, réuni à La Mecque, réintroduit le wahhabisme dans l'islam sunnite, après deux siècles d'exclusion.

Juillet 1926 Crise monétaire en France et rappel de Poincaré, principalement pour tenter de la juguler.

Juillet 1926 Jiang Jieshi lance l'expédition du Nord, la *beifa*, pour réunifier la Chine et tenter d'éliminer les seigneurs de la guerre.

18 décembre 1926 Mort de Taisho tenno, empereur du Japon depuis 1912. Hirohito succède à son père.

1927 Le film *Le Chanteur de jazz*, d'Alan Crosland, produit par les frères Warner, impose le cinéma parlant. L'industrie cinématographique étatsunienne finit de s'organiser et connaît une forte concentration verticale. « Les pionniers bottés ont fait place aux financiers à lunettes » (René Clair).

Mars 1927 Jiang Jieshi s'empare de Shanghai et rompt son alliance avec le PCC. En avril, les communistes chinois sont massacrés à Shanghai. En décembre, le PCC tente de riposter en déclenchant un soulèvement à Canton, qui est un échec. Malraux tire de ces épisodes révolutionnaires *Les Conquérants*.

21 avril 1927 Promulgation en Italie de la charte du travail, qui permet d'organiser le corporatisme.

21 mai 1927 Après un vol de trente-trois heures trente sans escale, depuis New York, Charles Lindbergh pose le *Spirit of Saint Louis* au Bourget.

22 août 1927 Deux anarchistes, Sacco et Vanzetti, sont exécutés aux États-Unis. Leur mort suscite une profonde émotion dans le monde.

14 novembre 1927 Au terme de plus de quatre ans de débats acharnés, Trotski est exclu du Parti communiste.

1928 Création de l'Opus Dei en Espagne par José Maria Escrivá de Balaguer.

1928 Fondation, en Égypte, des Frères musulmans par Hassan al-Banna.

1928 Herbert T. Kalmus met au point aux États-Unis le procédé Technicolor de cinéma en couleur. Seul utilisé jusqu'aux environs de 1950, il donne au cinéma étatsunien un solide avantage, avant de céder la place à divers autres procédés.

17 janvier 1928 Trotski s'exile à Alma-Ata, au Kazakhstan.

27 avril 1928 António de Oliveira Salazar est nommé ministre des Finances du Portugal. Nul ne peut prévoir qu'il s'installe au pouvoir pour quarante ans. Par référendum, le 19 mars 1933, il instaure l'Estado Novo, un État corporatiste.

25 juin 1928 Le franc germinal est dévalué de 80 %.

27 août 1928 Adoption du pacte Briand-Kellogg. Ses signataires renoncent au recours à la guerre pour résoudre les conflits. Briand y voit surtout un premier rétablissement d'un lien diplomatique entre pays européens et États-Unis.

1er octobre 1928 Staline lance le premier plan quinquennal en URSS. Il est déclaré achevé le 31 décembre 1932.

6 novembre 1928 Élection de Hoover à la présidence des États-Unis. Avant sa prestation de serment et son entrée en charge, il fait un long voyage en Amérique du Sud et propose un « bon voisinage » pour désarmer la « yankeephobie » révélée par la conférence panaméricaine de La Havane en février 1928. Cette conférence avait décidé de soumettre à l'arbitrage tout différend entre États américains. En juin 1929, les États-Unis font accepter un accord de partage territorial entre le Chili et le Pérou sur un espace disputé depuis plus de quarante ans.

1929 Au Japon, le cinéaste Ozu Yasujiro tourne *À quoi sert un diplôme d'études supérieures ?*, équivalent des *Raisins de la colère* de John Ford, d'après le roman de Steinbeck, aux États-Unis.

1929 Après des débuts laborieux, Walt Disney connaît le succès avec le personnage de Mickey Mouse. La production cinématographique sera complétée par la création de parcs de loisirs, d'abord Disneyland, puis Disneyworld. Il s'agit là d'un remarquable outil économique, même si toutes les créations ne connaîtront pas un succès comparable.

1929 Erich Maria Remarque publie *À l'Ouest rien de nouveau*. Ce roman de guerre d'inspiration pacifiste est inscrit par les nazis sur la liste des ouvrages voués aux autodafés.

1929 Les *marines* reviennent au Nicaragua pour combattre la guérilla conduite par César Augusto Sandino.

11 février 1929 Accords du Latran : un pacte politique clôt la querelle ouverte par l'annexion, en 1870, des États pontificaux au royaume d'Italie, et un concordat fixe la place de l'Église en Italie.

7 juin 1929 Le plan Young, échelonnant les paiements des réparations allemandes jusqu'en 1988, prend la suite du plan intérimaire Dawes. Le dossier des réparations est en principe clos.

5 septembre 1929 Discours de Briand à la SDN, dans lequel il propose une fédération européenne. Les réflexions conduites avant l'abandon du projet font clairement apparaître l'opposition britannique à toute limitation de la souveraineté du Royaume-Uni.

24 octobre 1929 Jeudi noir à Wall Street. Ce krach boursier avait été précédé de signes avant-coureurs, comme la faillite du groupe Hatry, volontairement sous-estimés par les experts.

27 décembre 1929 Décision de liquider les koulaks en tant que classe, en URSS.

1930 Promulgation du dahir berbère au Maroc, célébration du centenaire de la conquête de l'Algérie et tenue du XXXe congrès eucharistique à Carthage. Ces trois événements relancent l'agitation nationaliste dans le Maghreb sous souveraineté française.

1930 Lors de la 22ᵉ session des Semaines sociales, les participants évoquent « l'indépendance légitime » à laquelle peuvent prétendre les peuples colonisés. Dès 1919, le Saint-Siège reconnaît la légitimité de l'aspiration à l'indépendance des colonisés et pose que la décolonisation ne devra pas mettre en danger la pérennité de l'évangélisation de ces populations.

Janvier-avril 1930 La conférence de Londres sur le désarmement naval se solde par un échec.

Janvier 1930-avril 1934 Mouvement de désobéissance civile en Inde.

9-10 février 1930 La garnison de Yen-Bay, en Indochine, se mutine et massacre ses officiers français. Sur cet élan, insurrection du Centre-Annam (Soviets du Nghê-Tinh) qui, jusqu'à la fin de 1931, échappe à l'autorité française.

Mars 1930 Les Motion Picture Producers and Distributors of America adoptent le code Hays, ensemble de prescriptions destinées à éviter aux productions cinématographiques étatsuniennes de tomber sous le coup de la censure des villes ou des États de l'Union. La Legion of Decency, puissant groupe de pression, réussit à en assurer la survie jusqu'au début des années 1960, même si, à partir de la Seconde Guerre mondiale, ce code de bonne conduite est passablement malmené.

Avril 1930 Fin de l'occupation militaire de la Rhénanie par les vainqueurs de la Grande Guerre.

17 juin 1930 Adoption par le Congrès des États-Unis du tarif douanier très protecteur Smoot-Hawley. Il porte à 59 % en moyenne les droits sur les produits protégés. Du fait de mesures de rétorsion et de la dépression, le commerce extérieur états-unien retombe à son niveau de 1905.

1931-1932 Les autochenilles de la Croisière jaune, organisée par Citroën, relient Beyrouth à Pékin en traversant l'Himalaya et le désert de Gobi. Teilhard de Chardin fait partie des scientifiques de l'expédition.

1931 Le retrait des capitaux états-uniens d'Europe entraîne une série de faillites bancaires, particulièrement en Autriche et en Allemagne, plongeant l'Europe dans la Grande Dépression. À travers quelque 180 opérations financières, le gouvernement de Weimar a emprunté 8 milliards de dollars durant les années 1920, et 1,5 milliard l'a été par des particuliers. De leur côté, les grandes entreprises états-uniennes se sont liées à leurs homologues européennes dans des cartels internationaux, comme celui qui liait la Standard Oil et IG Farben durant les années de prospérité.

14 avril 1931 Proclamation de la république en Espagne. Sans abdiquer, Alphonse XIII a quitté le pays après le succès républicain aux élections municipales, le 12 avril.

1er juillet 1931-20 juin 1932 Le président Hoover fait adopter un moratoire d'un an sur les dettes interalliées et les réparations.

1931 Adoption du statut de Westminster, qui est l'aboutissement de la conférence réunie à Londres en 1926 et des travaux qui l'ont prolongée pour éla-

1919-1947

borer les modalités d'application de la déclaration Balfour. Les dominions sont des États souverains, mais leurs liens avec la Grande-Bretagne restent étroits, et le souverain britannique, un élément important d'unité.

1931 Exposition coloniale de Paris. Elle exalte la puissance coloniale de la France alors que l'agitation nationaliste trouve un second souffle dans certaines colonies, où la dépression rend la vie des populations plus difficile.

1931 Projet d'union douanière austro-allemande. La France empêche la réalisation de cet Anschluss économique.

19 septembre 1931 Le Japon envahit la Mandchourie, qu'il considère comme une réserve en nourriture et en matières premières, et dont il redoute le peuplement par les Chinois.

21 septembre 1931 Dévaluation de la livre sterling de 30 %, suivie en novembre de la promulgation de mesures protectionnistes mettant un terme à près d'un siècle de libre-échange. Cette décision britannique appauvrit brutalement le Japon, dont les réserves sont en livres sterling.

Septembre 1931 Les Italiens achèvent d'imposer leur autorité sur l'ensemble des territoires de Tripolitaine et de Cyrénaïque.

1931-1935 Les recherches et les publications du courant culturaliste étatsunien, en particulier ceux de Margaret Mead ou de Ruth Benedict, proposent une étude des phénomènes sociaux sous le double éclairage de l'anthropologie et de la psychanalyse. Par ses apports, le culturalisme prépare les travaux du psychanalyste Fromm ou du philosophe Marcuse.

1932 Victoire du second Cartel des gauches aux élections législatives françaises.

1932 Conférence économique impériale d'Ottawa, qui organise la zone sterling.

1932 Ouverture de la conférence sur le désarmement. Elle doit organiser un désarmement général dont la première étape a été le désarmement imposé à l'Allemagne en 1919.

1932 À l'expiration du moratoire de Hoover, se tient la conférence de Lausanne sur les réparations. Elle ne réussit pas à trouver un accord et débouche sur une cessation *de facto* des paiements. Cette décision crée dans les pays créanciers frustrations et rancœurs. Aux États-Unis, des groupes demandent la saisie des biens français.

1932 Pendant la campagne électorale de l'élection présidentielle, F. D. Roosevelt exprime son intention d'aider à la relance du commerce dans le monde, dans le cadre d'une conférence internationale convoquée par la SDN.

9 mars 1932 Le Japon crée le Mandchoukouo.

21 septembre 1932 Le roi Ibn Saoud, « roi du Nedj, du Hedjaz et de leurs dépendances » depuis 1926, rebaptise son État Arabie saoudite après avoir mis au pas les ikhwan, qui n'hésitaient pas à attaquer les territoires sous mandat britannique.

8 novembre 1932 Élection de F. D. Roosevelt, qui propose un New Deal aux Étatsuniens.

28 décembre 1932 Instauration d'un passeport intérieur obligatoire en URSS.

1933 Le XXIe amendement abolit la prohibition des boissons alcoolisées aux États-Unis.

1933 Le Corbusier publie *La Charte d'Athènes*.

30 janvier 1933 Adolf Hitler, dont le parti a le plus fort groupe parlementaire, devient chancelier de la république de Weimar. La politique du pire choisie par les communistes allemands l'a autant aidé que le souci des milieux économiques de se protéger d'un danger révolutionnaire.

24 février 1933 La SDN désavoue l'action japonaise en Mandchourie, en veillant à ne pas condamner le Japon comme agresseur. Bien que n'en faisant pas partie, les États-Unis sont associés aux travaux de la SDN pour tenter de régler l'affaire mandchoue. Le Japon quitte la SDN le 27 mars 1933, en dépit de l'indulgence dont il a bénéficié.

27 février 1933 Incendie du Reichstag, qui permet au gouvernement une répression contre les communistes, déclarés responsables du crime.

20 mars 1933 Ouverture du camp de concentration de Dachau. Des détenus communistes qui ont participé à sa construction y sont internés.

10 mai 1933-14 juin 1935 Guerre du Chaco entre la Bolivie et le Paraguay.

Juin-juillet 1933 La conférence économique de Londres se termine sur un échec. À défaut de solution concertée à la crise économique qui frappe le monde entier, les pays choisissent le chacun-pour-soi.

20 juillet 1933 Signature d'un concordat entre le Saint-Siège et le gouvernement allemand, qui obtient la dissolution des organisations politiques catholiques, dont le parti du Zentrum.

14 octobre 1933 L'Allemagne se retire de la conférence du désarmement et, le 19 octobre, de la SDN.

16 novembre 1933 Reconnaissance *de jure* de l'URSS par les États-Unis. L'URSS renonce à développer une propagande communiste aux États-Unis, rembourse 50 % des dettes gouvernementales de la Russie tsariste et garantit les droits civils et religieux des Étatsuniens vivant en Russie.

1933 Départ des *marines* du Nicaragua où, après avoir déposé les armes, Sandino est assassiné par le chef de la garde nationale, Anastasio Somoza Garcia, protégé des États-Unis.

1934 Le noir et blanc doit faire une place à la couleur au cinéma. Les grandes compagnies d'Hollywood bénéficient de l'arrivée de réalisateurs allemands qui fuient le pouvoir nazi. C'est le cas de Fritz Lang, à qui Goebbels avait proposé la direction du cinéma allemand. Les régimes autoritaires, de droite comme de gauche, s'intéressent à ce mode d'expression propre à exalter leur puissance.

31 janvier 1934 Dévaluation du dollar de 41 %.

6 février 1934 Violentes manifestations de l'extrême droite à Paris. Elles entraînent un sursaut à gauche et la formation de la coalition du Front populaire.

5 mars 1934 En écho au sursaut unitaire ouvrier du 9 février, Alain, Langevin et Rivet fondent le

Comité d'action antifasciste et de vigilance, suite à la manifestation des ligues factieuses le 6 février.

29 mai 1934 Suppression de l'amendement Platt dans la Constitution cubaine. Cet amendement, imposé en 1902 par les États-Unis, leur permettait d'intervenir dans les affaires intérieures cubaines s'ils estimaient que leurs intérêts l'exigeaient.

29-30 juin 1934 Nuit des longs couteaux : Hitler est contraint par la Reichswehr de mettre au pas les SA, en utilisant contre eux les SS.

Juillet 1934 Première tentative d'Anschluss, qui échoue.

Juillet 1934 La Guépéou, qui avait succédé à la Tcheka en 1922, prend le nom de NKVD.

2 août 1934 Mort du maréchal Hindenburg.

19 août 1934 Les Allemands plébiscitent le cumul des fonctions de président de la République et de chancelier par Adolf Hitler.

18 septembre 1934 Admission de l'URSS à la SDN.

9 octobre 1934 Les Oustachis croates assassinent Alexandre Ier de Yougoslavie et Louis Barthou, à Marseille. Ce parti d'inspiration fasciste est protégé par Mussolini, qui tolère la présence d'une troupe de combattants oustachis en Italie.

15 octobre 1934-20 octobre 1935 Longue Marche, en Chine, au cours de laquelle, en janvier 1935, pendant la conférence de Zunyi, Mao Zedong impose son *leadership* au PCC.

1er décembre 1934 Assassinat de Kirov, membre du Politburo et premier secrétaire du PCUS de Leningrad.

3 décembre 1934 Cyrénaïque et Tripolitaine sont réunies pour former la Libye.

7 janvier 1935 Les accords de Rome signés par Laval et Mussolini règlent les contentieux franco-italiens, en particulier en Tunisie, et laissent les mains libres à l'Italie en Éthiopie.

24 janvier 1935 Promulgation du Government of India Act, aussi insuffisant aux yeux des nationalistes indiens que celui de 1919. La tension ne retombe pas et, au moment de la déclaration de guerre en 1939, le climat est détestable en Inde. Churchill, qui en 1931 avait traité Gandhi de « fakir nu », est farouchement hostile au nationalisme indien.

16 mars 1935 Rétablissement du service militaire obligatoire en Allemagne, sans aucune réaction internationale autre que verbale.

11-14 avril 1935 Conférence de Stresa, où France, Grande-Bretagne et Italie excluent toute modification des frontières européennes par le recours à la force.

2 mai 1935 Signature d'un pacte franco-soviétique d'assistance mutuelle.

Août 1935-mai 1937 Les États-Unis adoptent une série de lois de neutralité, dont l'une comporte la clause *cash and carry*. Ce souci des Étatsuniens de ne pas se trouver embarqués dans une guerre étrangère est exacerbé par les travaux de la commission d'enquête sénatoriale présidée par Gerald P. Nye, qui affirme qu'en 1917, ce sont les pressions des banquiers et des fabricants de munitions qui ont fait décider l'entrée en guerre de l'Union.

31 août 1935 On apprend que le mineur Alexeï Stakhanov, soutenu par son équipe, a dépassé de plusieurs fois la norme officielle d'extraction de houille. Il faudra attendre plusieurs décennies avant d'apprendre qu'il s'agissait d'une supercherie.

15 septembre 1935 Promulgation des lois de Nuremberg. Ces dispositions législatives racistes retirent leurs droits civiques aux Juifs allemands.

3 octobre 1935 Après un an de tension, et malgré le traité d'amitié signé en 1928, l'Italie attaque l'Éthiopie. Du fait du ralliement de la France aux sanctions décidées par la SDN, Mussolini dénonce les accords de Rome. Le 9 mai 1936, après la prise d'Addis-Abeba le 5, Victor-Emmanuel III est proclamé empereur d'Éthiopie.

1936 John Maynard Keynes publie *La Théorie générale de l'emploi, de l'intérêt et de la monnaie.*

15 janvier 1936 Le Japon annonce qu'il reprend sa liberté navale et lance un lourd programme de constructions navales.

Février 1936 Victoire du Front populaire aux élections législatives espagnoles.

7 mars 1936 Remilitarisation de la Rhénanie par l'Allemagne.

Avril-mai 1936 Victoire du Front populaire aux élections législatives françaises.

7 juin 1936 Les accords Matignon, en France, améliorent la législation sociale, qui reste très en retard par rapport à celle d'autres pays.

Juin 1936 Au Nicaragua, arrivée au pouvoir de la famille

Somoza, protégée par les États-Unis, dont elle garantit les intérêts. Elle finit par considérer le pays comme sa propriété. Les Somoza règnent par la violence et finissent par dresser contre eux une large opposition, dans laquelle le Front sandiniste de libération nationale, créé en 1962, est particulièrement actif. Les Somoza sont lâchés par les États-Unis en 1979.

13 juillet 1936 Dans un climat de violence permanente depuis les élections législatives de février, assassinat de Calvo Sotelo à Madrid.

17 juillet 1936-31 mars 1939 Guerre civile en Espagne. L'aide italienne permet à Franco de faire passer ses troupes du Maroc en Espagne. En dépit des engagements de non-intervention des puissances, des troupes fascistes viennent combattre aux côtés des franquistes, et l'Allemagne envoie une importante aide matérielle. L'URSS facilite la levée des Brigades internationales, pour aider les Républicains. Dans leurs rangs, on trouve Malraux, qui écrit *L'Espoir*. Une lutte sanglante oppose anarchistes et communistes à l'intérieur du camp républicain, véritable guerre dans la guerre. Aux côtés des troupes républicaines, on compte jusqu'à 1 700 citoyens étatsuniens luttant contre les rebelles franquistes. Par sa plume, Hemingway essaiera de faire comprendre à ses concitoyens l'impossibilité de vivre hors du mouvement du monde.

Août 1936 Premier procès de Moscou contre Zinoviev et Kamenev.

1919-1947

26 août 1936 Traité anglo-égyptien reconnaissant l'indépendance de l'Égypte, mais accordant à la Grande-Bretagne des prérogatives particulières, dont celle de maintenir des troupes dans la zone du canal et de peser dans les affaires intérieures. L'Égypte est plus conciliante que dans les années 1920 du fait de la menace italienne.

3 novembre 1936 Réélection de Roosevelt à la présidence des États-Unis. Cette réélection lui permet d'imposer le New Deal à la Cour suprême, qui s'incline.

25 novembre 1936 Un traité germano-italien crée l'axe Rome-Berlin. Il ne s'agit pas d'une alliance, mais du rapprochement entre l'Allemagne et l'Italie. Mussolini, dont les troupes sont engagées en Éthiopie et en Espagne, a compris qu'il ne peut plus s'opposer à Hitler et pense qu'en se rapprochant de lui il peut espérer, enfin, la révision des négociations de Versailles qu'il n'a pu obtenir en dépit de toutes ses tentatives.

25 novembre 1936 Allemagne, Italie et Japon constituent le pacte anti-Komintern.

1936-1938 Procès de Moscou.

1937 Encycliques condamnant le communisme et le nazisme.

1937-1938 Grande Terreur en URSS : 2 millions d'arrestations et plus de 600 000 exécutions, dont celle du maréchal Toukhatchevski et de quelques dizaines d'officiers généraux et supérieurs.

13 février 1937 Léon Blum annonce une pause des réformes.

26 juillet 1937 Sans déclaration de guerre, agression japonaise contre la Chine. Roosevelt refuse la proposition britannique de riposte conjointe contre le Japon. L'absence de déclaration de guerre permet à Washington de fournir une aide à la Chine, malgré les lois de neutralité. Le Japon avait exigé du gouvernement chinois, qui avait refusé, l'abaissement de 25 % de ses droits de douane sur les produits japonais. Tokyo essayait ainsi de compenser la fermeture de plus de 40 pays à ses exportations.

5 octobre 1937 Discours dit « de la quarantaine » de F. D. Roosevelt à Chicago. Il essaie d'expliquer à ses compatriotes que la neutralité ne suffit pas et qu'ils doivent accepter de jouer un rôle pour mettre hors d'état de nuire les régimes totalitaires d'Europe.

9 novembre 1937 Proclamation de l'Estado Novo au Brésil, qui abroge la Constitution de 1891.

29 décembre 1937 Indépendance de la République irlandaise qui, en septembre 1939, refuse d'entrer en guerre aux côtés des Britanniques contre l'Allemagne.

Décembre 1937 Sac de Nankin par les troupes japonaises, qui se livrent à d'extrêmes violences.

12 mars 1938 Les troupes allemandes entrent en Autriche. L'Anschluss, interdit par le traité de Versailles et à plusieurs reprises empêché, est cette fois réalisé sans réaction de quiconque.

12 avril 1938 Daladier président du Conseil. Pour la troisième fois, une Chambre élue à gauche bascule à mi-mandat et porte au pouvoir un gouvernement de droite.

29 septembre 1938 Conférence de Munich. Staline, qui n'est pas invité, interprète la faiblesse des démocraties face aux deux régimes totalitaires comme une invitation discrète faite à Hitler de chercher son « espace vital » à l'est de l'Europe.

Octobre 1938 Le succès de l'invasion japonaise en Chine contraint Jiang Jieshi à replier son gouvernement à Chongqing, dans le Sichuan.

9-10 novembre 1938 Nuit de cristal en Allemagne. Avec la complicité des autorités, les militants nazis organisent un pogrom dans toute l'Allemagne.

10 novembre 1938 Promulgation de dispositions législatives antisémites en Italie. Inspirées des lois de Nuremberg, elles aggravent le divorce entre Mussolini et les Italiens.

15 mars 1939 Les troupes allemandes entrent à Prague et la Tchécoslovaquie est démembrée : la région des Sudètes étant annexée au Reich, la Bohême et la Moravie deviennent protectorats du Reich.

7 avril 1939 Mussolini fait envahir l'Albanie.

13 avril 1939 France et Grande-Bretagne donnent leur garantie à la Grèce et à la Roumanie. Comme la garantie des frontières polonaises ou le pacte franco-soviétique, ces engagements sont en contradiction avec le choix militaire français de la défensive concrétisé par la construction de la ligne Maginot.

22 mai 1939 Alliance germano-italienne, ou pacte d'Acier.

24 août 1939 Pacte germano-soviétique. Avant tout affrontement avec l'Allemagne, Staline a besoin de gagner du temps pour renforcer les capacités militaires de l'URSS, fortement affectées par les difficultés intérieures.

1ᵉʳ septembre 1939 Les troupes allemandes, sans déclaration de guerre, envahissent la Pologne. Le 17, entrée des troupes soviétiques. Allemands et Soviétiques se partagent le pays.

3 septembre 1939 France et Grande-Bretagne déclarent la guerre au IIIᵉ Reich mais ne déclenchent aucune opération militaire. C'est, de septembre 1939 à mai 1940, la « drôle de guerre » à l'ouest de l'Europe.

Septembre-décembre 1939 Avant même que les États-Unis ne soient en guerre, Roosevelt demande à son *brain-trust*, dès septembre, une étude sur l'éventualité d'une double lutte contre l'Allemagne et le Japon, et fait mettre en route une réflexion sur l'après-guerre.

9 avril 1940 Occupation du Danemark et invasion de la Norvège par l'Allemagne. France et Grande-Bretagne envoient des troupes en Norvège.

7 mai 1940 Signature d'un concordat entre le Portugal et le Saint-Siège.

10 mai 1940 Attaque allemande contre les Pays-Bas, la Belgique, le Luxembourg et la France.

10 mai-22 juin 1940 Campagne de France. L'effondrement militaire de la France impressionne la population étatsunienne et ébranle sa volonté de rester à l'écart des affaires européennes.

16 mai 1940 Roosevelt obtient du Congrès les premières mesures de réarmement : augmentation des effectifs, fabrication des matériels.

10 juin 1940 Devant la facile progression allemande en France, Mussolini entre en guerre contre la France.

18 juin 1940 Sur les ondes de la BBC, De Gaulle appelle les Français à poursuivre le combat.

25 juin 1940 entrée en vigueur des armistices entre la France d'une part, et l'Allemagne et l'Italie de l'autre.

Juillet-octobre 1940 Bataille d'Angleterre. La Grande-Bretagne, sous l'impulsion d'un Churchill déterminé, gagne cette bataille grâce à l'utilisation du radar, en plus de l'héroïsme de ses aviateurs.

10 juillet 1940 Le Congrès, réuni à Vichy, liquide constitutionnellement la IIIe République et donne les pleins pouvoirs au maréchal Pétain.

28 octobre 1940-avril 1941 L'Italie attaque la Grèce et subit de lourdes pertes, contraignant l'Allemagne à venir à son secours et, pour ce faire, à pénétrer en Yougoslavie. En Croatie, les Oustachis installent un sanglant régime dictatorial, qui s'acharne contre les Serbes avec la bienveillance du clergé catholique.

4 novembre 1940 Roosevelt obtient un troisième mandat de président des États-Unis.

17 décembre 1940 F. D. Roosevelt, lors d'une conférence de presse, prépare ses concitoyens à l'assouplissement des lois de neutralité. Il évoque un voisin dont la maison brûle : on lui prête un tuyau d'arrosage sans chercher à préciser le dédommagement si le tuyau venait à être détérioré.

1941 Abdul Ala Maududi fonde au Punjab un mouvement éducatif et religieux qui devient un parti politique, le Jamaat-i Islami.

1941 Orson Welles réalise *Citizen Kane*. Ce film marque un tournant majeur dans l'histoire du cinéma.

11 mars 1941 Promulgation de la loi prêt-bail qui permet aux États-Unis de fournir une aide matérielle aux belligérants.

10 avril 1941 Un accord entre le Danemark et les États-Unis permet la création de bases étatsuniennes au Groenland.

Avril 1941 Churchill et Roosevelt signent la charte de l'Atlantique. Pour Roosevelt, elle concerne les pays colonisés ; pour Churchill, elle ne s'adresse qu'aux pays souverains.

22 juin 1941 L'armée allemande entre en URSS. Sans engagement diplomatique, les États-Unis décident, dès le 16 août, de faire bénéficier l'URSS d'une aide dans sa lutte contre l'Allemagne nazie.

3 juillet 1941 Staline lance un appel radiodiffusé appelant à la « grande guerre patriotique », à la défense de la « sainte Russie », en invoquant les grandes gloires du passé tsariste.

21 juillet 1941 Les États-Unis gèlent les avoirs japonais et restreignent sévèrement leurs échanges commerciaux avec le Japon.

24 août 1941 Devant le refus de Reza Chah d'expulser les ressortissants allemands d'Iran (nouveau nom de la Perse depuis le 31 décembre 1934), Britanniques et Soviétiques pénètrent en Iran et remplacent le souverain par son fils, Mohammed Reza.

11 novembre 1941 L'aide prêt-bail est accordée par le gouvernement étatsunien aux Forces françaises libres du général de Gaulle. Mais Roosevelt ne comprend pas la rigidité du chef de la France libre, dont il se demande s'il est un démocrate ou un aventurier.

7 décembre 1941 Attaque japonaise contre la base de Pearl Harbor, sans déclaration de guerre. Le lendemain, le Congrès constate l'état de guerre entre les deux pays.

11 décembre 1941 Hitler déclare la guerre aux États-Unis.

20 janvier 1942 Conférence de Wannsee, où Heydrich expose la « solution finale de la question juive » aux secrétaires d'État des principaux ministères.

18 avril 1942 Retour de Laval à la tête du gouvernement de l'État français avec des pouvoirs élargis. Les États-Unis rappellent leur ambassadeur à Vichy, l'amiral Leahy.

16-17 juillet 1942 Rafle du Vel'd'hiv' par la police de Vichy.

Août 1942-février 1943 Victoire étatsunienne contre les Japonais à Guadalcanal.

8 août 1942 La Quit India Resolution adoptée par le Congrès demande aux Britanniques de remettre immédiatement aux Indiens le gouvernement de leur pays, tout en acceptant le maintien de troupes alliées en Inde pour « écarter toute agression du Japon ». L'arrestation des cadres du Congrès déclenche un soulèvement populaire antibritannique difficile à mater, mais qui fait prendre conscience aux Britanniques de la puissance du rejet de leur présence. Roosevelt suscite la colère de Churchill dans cette crise en déplorant l'arrestation de Gandhi et en conseillant la souplesse et des mesures tangibles vers l'indépendance de l'Inde.

Octobre 1942 Victoire anglaise contre Rommel à El-Alamein.

8 novembre 1942 Débarquement anglo-étatsunien au Maroc et en Algérie.

11 novembre 1942 Les troupes allemandes, en violation de la convention d'armistice, occupent la zone libre. Les Allemands libèrent Habib Bourguiba, incarcéré à Marseille depuis 1938, mais le leader nationaliste tunisien refuse les offres qui lui sont faites. Présenté comme un sympathisant des fascistes et des nazis par les responsables français, qui veulent le déconsidérer, il voit sa sécurité garantie par le consul étatsunien Doolittle.

1er décembre 1942 Publication en Grande-Bretagne du rapport Beveridge, acheté dès sa sortie à plusieurs milliers d'exemplaires. Il est la base doctrinale des réformes sociales d'après-guerre, installant le Welfare State en Grande-Bretagne.

14-25 janvier 1943 À la conférence d'Anfa, les Alliés décident d'imposer une capitulation sans conditions au IIIe Reich et rendent publique la décision, pour rassurer Staline. Cette conférence est l'occasion pour Roosevelt de rencontrer le sultan du Maroc. Nombre de responsables français, à commencer par De Gaulle, datent de cette rencontre l'adhésion du sultan aux thèses nationalistes.

Janvier 1943 Création de la milice par le gouvernement de Vichy.

2 février 1943 Les troupes allemandes se rendent aux Soviétiques à Stalingrad, où la bataille avait débuté le 12 septembre.

10 février 1943 Fehrat Abbas publie le « Manifeste du peuple algérien », dans lequel il demande la création d'un État algérien autonome. Ce texte reflète l'évolution des élites indigènes déçues par le refus des autorités françaises de les faire accéder à la citoyenneté française, sous la pression du grand colonat.

21 février 1943 L'Allemagne impose le STO en France.

Juillet 1943 L'URSS remporte la bataille de Koursk, la plus grande bataille de blindés du conflit.

10 juillet 1943 Débarquement allié en Sicile.

8 septembre 1943 Rétablissement du patriarcat de Moscou par Staline.

29 septembre 1943 Capitulation italienne. L'Allemagne fait libérer Mussolini, qui avait été arrêté le 25 juillet, et le met à la tête de la république de Salo, dirigée en réalité par un petit groupe de fascistes fanatiques, comme Farinaci, sous une étroite tutelle allemande.

13 octobre 1943 Le gouvernement de Badoglio fait entrer en guerre l'Italie libérée, aux côtés des Alliés.

22 novembre 1943 Pour mettre un terme à l'agitation nationaliste, le gouvernement britannique impose au

GPRF la reconnaissance de l'indépendance du Liban.

28 novembre-1er décembre 1943 Conférence de Téhéran, où les Alliés accordent à Staline l'annexion des pays Baltes et la ligne Curzon comme frontière soviéto-polonaise.

1943 Jean-Paul Sartre publie *L'Être et le Néant*, traité de l'existentialisme athée. L'homme comme ses ouvrages exercent une importante influence après 1945. Sartre est le type même de l'intellectuel engagé. Cet engagement, du fait de certains mensonges « pour ne pas désespérer Billancourt », est aussi une illustration de ce que Julien Benda appelle « la trahison des clercs ». Elle contient les germes d'une délégitimation des intellectuels et de l'affaiblissement de leur autorité morale.

1944-1946 Importantes réformes sociales et économiques en France, comprenant des nationalisations.

30 janvier 1944 De Gaulle ouvre la conférence de Brazzaville et signifie ainsi aux États-Unis la souveraineté de la France dans son domaine colonial ainsi que son refus de toute décolonisation, même si, postérieurement, les gaullistes en feront l'acte de naissance de leur politique de décolonisation.

7 mars 1944 Une ordonnance du gouvernement provisoire, reprenant à peu de choses près le projet Blum-Viollette de 1936, accorde la citoyenneté française à environ 60 000 musulmans d'Algérie. La mesure vient trop tard et apparaît comme une aumône injurieuse aux élites musulmanes.

4 juin 1944 Les Alliés libèrent Rome. Dans la dure bataille du Monte Cassino qui a ouvert la route de Rome, les tabors marocains du général Juin ont joué un rôle important.

6 juin 1944 Débarquement allié en Normandie auquel prennent part la poignée de combattants français du commando Kieffer. Avec ces centaines de milliers de libérateurs étatsuniens, la population européenne découvre les produits de grande consommation et la culture de masse des États-Unis. Cigarettes blondes, Coca-Cola, bas Nylon, briquets Zippo et chewing-gums font le bonheur de gens qui sortent de quatre années de privations. Il en est de même en Asie où, au rythme de la progression des troupes de MacArthur, se construisent des usines de Coca-Cola.

22 juillet 1944 Accords de Bretton Woods lors de la conférence qui permet la création du système monétaire international. Le projet présenté par le représentant étatsunien White est préféré au projet du Britannique Keynes. Le dollar devient la monnaie de référence.

1er août 1944 Staline refuse que l'Armée rouge apporte une aide au soulèvement de Varsovie, permettant aux Allemands d'écraser les insurgés.

15 août 1944 Débarquement en Provence. Les troupes coloniales, en particulier celles du Maghreb, fournissent une forte proportion des unités françaises.

25 août 1944 Libération de Paris. Les Étatsuniens ont l'élégance de laisser le maréchal Leclerc entrer le premier dans Paris.

Août-octobre 1944 En deux sessions, la conférence de Dumbarton Oaks crée l'ONU, qui succède à la SDN et dont la charte entre en application le 24 octobre 1945. Au lieu de Genève, le siège en est fixé à New York. Tirant les leçons de l'expérience de la SDN, les principales puissances bénéficient d'un droit de veto qui doit les préserver d'avoir à quitter l'organisation pour échapper à une mesure incompatible avec leurs intérêts vitaux.

5 septembre 1944 De Gaulle remanie le GPRF.

9 novembre 1944 Malgré la maladie, Roosevelt est, pour la quatrième fois, élu président des États-Unis.

1945 Roberto Rossellini produit et réalise *Rome, ville ouverte*. Après ce premier film, le néoréalisme italien, nourri par la douloureuse expérience du fascisme et de la guerre, commence sa production, et sa créativité donne, durant vingt ans environ, de grands films. Parmi les derniers, on peut citer *La Strada*, de Fellini, en 1954.

4-11 février 1945 Conférence de Yalta. Furieux de ne pas y participer, De Gaulle dénonce un partage du monde, qui n'a d'ailleurs jamais existé. Sur le chemin du retour, Roosevelt convoque au Caire le roi Ibn Saoud, le roi Farouk et le négus. Au Saoudien, il garantit de n'appuyer aucune politique hostile aux Arabes, en particulier en ce qui concerne l'installation juive en Palestine.

9 mars 1945 Un coup de force japonais met un terme à l'autorité française en Indochine et offre l'indépendance au Cambodge, au Laos et au Vietnam.

22 mars 1945 Signature, au Caire, de la charte de fondation de la Ligue arabe. Les réactions positives des Britanniques achèvent de persuader les sionistes que Londres n'est plus d'aucune utilité pour la création d'un État juif en Palestine.

27 mars 1945 Malgré de fortes sympathies pour l'Axe, l'Argentine déclare la guerre à l'Allemagne, pour ne pas être écartée de la réorganisation du monde après la guerre et pouvoir être admise à l'ONU.

12 avril 1945 Début de la bataille de Berlin pour les troupes de Joukov, entrées en Allemagne le 10 mars.

12 avril 1945 Le vice-président Truman succède à F. D. Roosevelt, qui meurt au tout début de son quatrième mandat. Il disparaît en ayant tardivement pris conscience que le règlement de la guerre ne serait pas aussi simple qu'il le croyait.

25 avril 1945 Jonction des troupes étatsuniennes et soviétiques à Torgau, sur l'Elbe.

28 avril 1945 Exécution de Mussolini.

8 mai 1945 Capitulation sans conditions de l'Allemagne.

8 mai 1945 Émeutes nationalistes à Sétif et Guelma, réprimées d'une façon disproportionnée, avec le recours à des milices de colons.

Juillet 1945 Explosion de la première bombe atomique étatsunienne à Los Alamos.

Juillet 1945 Les travaillistes sortent vainqueurs des élections législatives britanniques. Churchill, malgré son rôle durant la guerre, doit quitter le pouvoir.

17 juillet-1er août 1945 Conférence de Potsdam, où apparaissent clairement les divergences entre États-uniens et Soviétiques.

6 août 1945 Le président Truman fait larguer une bombe nucléaire sur Hiroshima, puis, le 9, une seconde sur Nagasaki. La maîtrise de l'arme nucléaire assure aux États-Unis la prééminence internationale face à l'URSS.

17 août-2 novembre 1945 Les États-Unis, après s'être assurés que Sukarno ne risquait pas d'implanter en Indonésie un régime communiste, imposent, dans une démarche indirecte – en usant de leur influence à l'ONU –, la décolonisation des Indes néerlandaises aux Pays-Bas.

2 septembre 1945 Capitulation sans conditions du Japon. Hô Chi Minh proclame l'indépendance du Vietnam.

2 septembre 1945 Deux semaines après sa libération, division de la péninsule de Corée en deux zones d'occupation militaire pour organiser le désarmement des troupes nippones.

23 octobre 1945 Les États-Unis consentent à reconnaître le GPRF, dirigé par le général de Gaulle, comme le gouvernement légitime de la France.

20 novembre 1945-1er octobre 1946 Au procès de Nuremberg, les Alliés jugent les principaux dignitaires nazis. D'un commun accord, ils écartent du procès les grands industriels et les scientifiques, ou les font bénéficier d'une grande indulgence.

27 novembre 1945-7 janvier 1947 Mission du général Marshall en Chine pour empêcher la guerre civile. Soucieux de faire de la Chine le pivot de leur politique asiatique, les États-Unis tentent de sauver le pouvoir de Jiang Jieshi.

29 novembre 1945 Abolition de la monarchie yougoslave, qui cède la place à la république populaire fédérative de Yougoslavie sous l'autorité de Josip Broz, *alias* Tito. Ce Croate jouit d'un prestige considérable du fait de son authentique résistance à l'occupant allemand et du fait qu'il a libéré le pays sans l'aide d'une armée étrangère.

27 décembre 1945 La Corée est placée sous *trusteeship* international (États-Unis, URSS, Grande-Bretagne et Chine).

20 janvier 1946 Démission du général de Gaulle.

24 février 1946 Juan Perón vainqueur des élections en Argentine.

Février-mai 1946 Le refus des Soviétiques de retirer leurs troupes d'Iran, comme le font les Britanniques, s'accompagne de manœuvres intérieures visant à déstabiliser le pays. En mai, Staline s'incline.

28 février 1946 Traité franco-chinois. La France renonce à tous les avantages obtenus en vertu des « traités inégaux », en contrepartie de l'abandon à la France par la Chine du désarmement des troupes japonaises en Indochine.

5 mars 1946 Discours de Fulton, dans lequel Churchill formule la notion de « rideau de fer ».

6 mars 1946 Signature des accords Sainteny-Hô Chi Minh, qui permettent le retour des troupes françaises en Indochine. La suite de la négociation, en septembre à Fontainebleau, ne réussit pas à résoudre le problème de la Cochinchine et de l'alternative entre autonomie et indépendance.

11 avril 1946 La loi Houphouët-Boigny abolit le travail forcé dans les colonies françaises d'AOF et d'AEF.

7 mai 1946 La loi Lamine-Gueye attribue la citoyenneté française à tous les sujets de la France d'outre-mer, sans considération du statut personnel.

9 mai 1946 Victor-Emmanuel III abdique en faveur de son fils, Humbert II. Mais, le 2 juin, les Italiens décident d'adopter le régime républicain. Roosevelt avait exigé que les Italiens soient consultés sur la nature du régime qu'ils souhaitaient, malgré le fait que Churchill soit partisan du maintien de la monarchie.

28 mai 1946 Signature des accords Blum-Byrnes, qui facilitent la diffusion des films étatsuniens en France. Hollywood, qui avait été mobilisé dans l'effort de guerre des États-Unis, dispose d'un nombre considérable de films. Ce sont, avec les bandes dessinées, de très efficaces vecteurs de diffusion des valeurs étatsuniennes et de l'*american way of life*. Dans les boîtes de nuit de Saint-Germain-des-Prés, la musique étatsunienne, en particulier le jazz, accompagne le retour à la vie normale – ou presque.

Mai 1946 Création du festival du cinéma de Cannes.

22 juillet 1946 Attentat juif contre le QG britannique en Palestine, installé à l'hôtel King David, à Jérusalem. C'est l'opération la plus spectaculaire du terrorisme juif qui se déchaîne contre les Britanniques durant les quatre dernières années de leur mandat. Ben Gourion et les sionistes, convaincus que la Grande-Bretagne risque d'être dorénavant un obstacle plus qu'une aide pour la création d'un État juif, recherchent l'appui états-unien, qui se dérobe.

13 octobre 1946 Les Français approuvent le second projet de Constitution pour la IVe République.

Octobre 1946 Création du RDA au congrès de Bamako. Conscients de la force du PCF, en 1945, et intéressés par sa capacité d'organisation des masses, ses chefs choisissent de collaborer avec les communistes. En 1950, François Mitterrand, ministre de la France d'outre-mer, réussit à mettre un terme à cette alliance.

3 novembre 1946 Le SCAP, sous l'autorité de MacArthur, impose au Japon une Constitution fortement inspirée de celle des États-Unis, rédigée en anglais et traduite ensuite en japonais.

19 décembre 1946 Début de la guerre d'Indochine, qu'aucun des deux protagonistes ne souhaite. La responsabilité de l'attaque revient au Viêt-minh, mais les agissements de D'Argenlieu ont largement envenimé le climat.

1947-1952 Plan Monnet, dont le financement est étroitement lié à l'aide financière étatsunienne.

1947-1948 En France, puissant mouvement de grève, marqué à la fin de 1947 par de graves violences qui entraînent le rappel de plusieurs dizaines de milliers de réservistes. Dans ce contexte, une intervention discrète de la CIA contribue à la scission de la CGT, contrôlée par les communistes, et à la création de la CGT-FO.

Février 1947 Christian Dior présente sa première collection, à propos de laquelle les journaux états-uniens lancent l'expression *new look*.

20 février 1947 Pour obliger hindous et musulmans à élaborer un compromis permettant la proclamation de l'indépendance, le gouvernement Attlee annonce que la Grande-Bretagne se retirera de l'Inde au plus tard en juin 1948.

11 mars 1947 Démission des ministres communistes belges.

12 mars 1947 Le président Truman expose la doctrine qui porte son nom et qui a été élaborée par G. Kennan. Les États-Unis peuvent intervenir économiquement ou militairement, dès lors qu'ils considèrent que la défense de leurs intérêts stratégiques ou économiques l'exige. L'objectif est d'endiguer l'expansion communiste (*containment*). La Grèce et la Turquie, que la Grande-Bretagne n'est plus financièrement capable de protéger, en sont les premiers bénéficiaires.

CHRONOLOGIE DU

1947-1962

XXe

siècle

La Seconde Guerre mondiale, plus encore que la première, renforce la puissance étatsunienne et en fait la puissance dominante. Arsenal de tous les belligérants en lutte contre l'Axe, les États-Unis commandent sur la majorité des fronts et, dans le même temps, conduisent une intense réflexion sur la reconstruction du monde après la guerre. Cette reconstruction ne doit pas être à l'identique. Tirant les leçons de la dépression, des erreurs commises pour essayer d'y remédier, ils préparent le monde auquel ils aspirent et, comme toute puissance, décident de l'organiser de façon conforme à leurs intérêts. Il s'ensuit la constitution de l'ensemble des organisations internationales créées à la fin de la guerre. Roosevelt comptait sur l'entente des vainqueurs, URSS, Chine et Grande-Bretagne, pour, avec son pays, maintenir la paix et la prospérité dans le monde. Le projet est contrarié par l'incompatibilité des impérialismes des deux grandes puissances, qui débouche sur la guerre froide. L'installation du monde dans cette guerre froide, entre 1945 et 1949, oblige les États-Unis à de nouveaux choix qu'ils n'avaient pas prévus, en particulier un engagement durable hors de leur territoire. Au lieu de ramener leurs troupes et de les démobiliser, ils doivent multiplier les bases pour assurer la sécurité du monde libéral.

Jusqu'aux années 1960-1970, l'organisation financière qu'ils ont mise en place à Bretton Woods ne fonctionne pas comme ils l'avaient prévu, mais c'est à la satisfaction générale. Ils investissent largement pour la construction et le fonctionnement de leurs bases militaires en s'implantant économiquement un peu partout dans le monde et, grâce à la prospérité que cela génère, tout le monde s'en félicite.

En revanche, dans le monde colonisé, la déception est grande. Par crainte de faire le jeu de l'URSS, les États-Unis renoncent à soutenir les luttes d'émancipation, comme ils l'avaient parfois laissé espérer. De défenseurs de la liberté, ils deviennent progressivement, aux yeux de ces populations, l'incarnation d'un impérialisme oppresseur.

Après 1945, les 111 Étatsuniens couronnés d'un prix Nobel scientifique n'ont face à eux que 109 Européens, Soviétiques inclus, et 24 ressortissants d'autres pays. Le fait qu'une partie de ces lauréats du Nobel, 25 %, aient été formés dans un pays européen montre la puissance d'attraction qu'exerce sur le reste du monde cette grande puissance.

21 mars 1947 Un décret présidentiel permet la vérification de la loyauté des fonctionnaires étatsuniens. Roosevelt, suspecté de socialisme, s'était rapproché de Staline pour les besoins de la guerre. Le long règne des démocrates à la Maison-Blanche, depuis janvier 1933, est devenu insupportable à une fraction des Étatsuniens. L'installation progressive de la guerre froide finit par développer dans une partie de la population des États-Unis une hystérie anticommuniste plus marquée que celle des *roaring twenties*, autre appellation des années 1920.

29-30 mars 1947 Insurrection malgache contre la présence coloniale française. La répression est très sévère, associant colons européens et unités militaires.

10 avril 1947 Discours du sultan du Maroc à Tanger, au cours duquel il ne respecte pas le texte soumis à l'approbation préalable du résident général, et omet délibérément le traditionnel hommage au protectorat français.

5 mai 1947 Les ministres communistes sont démis de leurs fonctions par un décret du président du Conseil, Paul Ramadier. Certains observateurs y voient, à tort, une ingérence étatsunienne dans la vie politique française.

12 mai 1947 En Italie, la Démocratie chrétienne met un

terme à son alliance gouvernementale, issue de la Résistance, avec le PCI, dont les ministres quittent le gouvernement.

5 juin 1947 Discours du général Marshall qui propose un plan pour la reconstruction de l'Europe. Peu après, au mois d'avril 1948, le Congrès vote l'Economic Cooperation Act. Tous les pays européens, URSS incluse, peuvent en bénéficier. Moscou refuse cette offre et impose son choix à tous les pays sous son influence. Le plus souvent présenté comme un acte de générosité, c'est aussi un judicieux investissement, la reconstruction des économies européennes étant indispensable à la survie de l'économie étatsunienne. Les autres continents, moins essentiels à la vie économique des États-Unis, qui demandent une opération du même type n'obtiennent pas satisfaction.

Juin 1947 Les États-Unis adoptent la loi Taft-Hartley qui réduit les acquis syndicaux obtenus dans le cadre du New Deal de Roosevelt, en particulier les possibilités de déclencher une grève.

15 juillet 1947 Vote de l'India Independence Act.

31 juillet 1947 L'Assemblée constituante italienne ratifie le traité de paix imposé à l'Italie, qui doit accepter des amputations territoriales.

15 août 1947 Indépendance de l'Inde britannique, qui cède la place à la République indienne et à la république du Pakistan. Celle-ci est territorialement séparée en deux, aux deux extrémités est et ouest du sous-continent.

20 septembre 1947 Adoption du statut de l'Algérie. Sa mise en application, incomplète, donne lieu à de multiples fraudes électorales, qui s'institutionnalisent.

22-27 septembre 1947 Réunion à Szklarska Poreba des représentants des partis communistes français, italien, bulgare, hongrois, polonais, roumain, tchécoslovaque et soviétique. Ils fondent le Kominform (Bureau d'information des partis communistes et ouvriers).

17 octobre 1947 Indépendance de la Birmanie.

Octobre 1947-mars 1948 Durant la conférence de La Havane est signé le GATT. L'objectif est de réduire multilatéralement les protections douanières, en attendant la création d'une organisation internationale du commerce chargée de développer la liberté du commerce, et de classer les pratiques commerciales en licites et interdites. Ayant tiré les leçons du chacun-pour-soi pratiqué par les États durant la Grande Dépression des années 1930, les États-Unis préparent cette réorganisation du commerce international dans une orientation libre-échangiste depuis 1943. Truman doit pourtant renoncer à la faire ratifier et l'on se contente du GATT dont les *rounds*, moins contraignants, accompagnent l'extension du libéralisme commercial.

29 novembre 1947 Adoption par l'Assemblée générale de l'ONU du plan de partage de la Palestine.

11 décembre 1947 La Grande-Bretagne refuse de contribuer à la mise en application du projet de partage de la Palestine décidé par l'ONU tant qu'Arabes et Juifs ne l'ont pas accepté. Elle ne fait rien pour en faciliter l'organisation et annonce que son mandat prendra fin le 15 mai 1948. Les États-Unis acceptent le projet de partage, mais refusent de s'impliquer dans la région.

30 janvier 1948 Un extrémiste hindou assassine Gandhi.

4 février 1948 Indépendance de Ceylan.

25 février 1948 Coup de Prague, qui permet aux communistes de contrôler le pouvoir en Tchécoslovaquie.

24 mars 1948 La Conférence de l'ONU pour le commerce et l'emploi approuve la charte de La Havane.

16 avril 1948 Création de l'OECE, qui permet aux États-Unis d'imposer aux pays européens bénéficiaires de l'aide Marshall de coordonner leurs économies.

7-10 mai 1948 Le congrès européen, à La Haye, met en évidence la diversité des conceptions de construction européenne. Il révèle aussi que l'enthousiasme pour une construction européenne est grand, mais les résultats concrets sont limités.

14 mai 1948 Proclamation de la naissance de l'État d'Israël dans un climat de très grande violence arabe et juive.

15 mai 1948 Début de la première guerre israélo-arabe, terminée par une série d'armistices entre février et juillet 1949. La Tchécoslovaquie joue un rôle important pour l'approvisionnement en armes de l'armée israélienne. La Jordanie, qui ne veut pas de la création d'un État palestinien, joue un jeu très ambigu. De nombreux réfugiés palestiniens s'installent dans les pays arabes voisins de la Palestine, en attendant de pouvoir exercer leur droit au retour affirmé par l'ONU.

11 juin 1948 Le Sénat adopte, contre la tradition du *non-entanglement*, la résolution Vandenberg, autorisant le président des États-Unis à conclure une alliance en temps de paix à l'extérieur du continent américain.

24 juin 1948 L'URSS met en état de blocus les zones d'occupation anglaise, étatsunienne et française de Berlin. Le blocus est levé le 12 mai 1949, l'URSS prenant conscience que le pont aérien mis en place par les États-Unis l'empêche de contraindre les Alliés à lui abandonner le contrôle de la ville.

28 juin 1948 Le Kominform condamne le déviationnisme titiste et transfère son siège de Belgrade à Bucarest. L'accusation de titisme devient, dans le monde communiste, l'équivalent de celle de trotskisme ou d'hitléro-trotskisme avant la Seconde Guerre mondiale.

1949 Simone de Beauvoir publie *Le Deuxième Sexe*. Pour elle, « on ne naît pas femme ; on le devient », et l'émancipation féminine suppose une restructuration sociale. Le livre aura une très grande importance pour tous les mouvements d'émancipation féminine, et tout particulièrement aux États-Unis dans les années 1960. Il fait scandale car il aborde, sans détour ni tabou, les questions sexuelles.

25 janvier 1949 Création du CAEM – ou COMECON. Il doit permettre d'organiser l'exploitation économique des démocraties populaires et d'accroître les échanges entre ces pays et l'URSS. Pour les Soviétiques, dans une démarche classique d'impérialisme, les démocraties populaires sont au service de l'économie de l'URSS.

4 avril 1949 Signature du traité créant l'OTAN, dont les États-Unis dirigent les principaux organes. En dépit de la nature de son régime, le Portugal est membre de l'alliance dès l'origine.

Avril-novembre 1949 Cédant aux pressions étatsuniennes, la France accorde l'indépendance aux États d'Indochine, en conservant quelques prérogatives diplomatiques, financières et militaires. Dans la guerre d'Indochine, qui se poursuit néanmoins, elle n'est plus que l'alliée du Vietnam, où règne Bao Daï. Les dispositions prises pour le Vietnam sont étendues au Laos et au Cambodge.

8 mai 1949 Adoption de la Loi fondamentale (Constitution) de la RFA par le Conseil constituant de Bonn, puis approbation des Alliés.

11 mai 1949 Israël est admis à l'ONU.

14 juillet 1949 L'URSS fait exploser sa première bombe nucléaire, retirant ainsi aux États-Unis leur suprématie militaire. On se met à parler d'« équilibre de la terreur » et à redouter la Troisième

Guerre mondiale en cas d'affrontement direct entre les deux seules grandes puissances.

1er octobre 1949 Mao Zedong proclame la république populaire de Chine. Les États-Unis ne la reconnaissent pas ; la France non plus, du fait de son étroite dépendance à l'égard des États-Unis, qui financent près de la moitié de la guerre en Indochine. Pour ne pas entrer en conflit avec l'Inde, la Grande-Bretagne reconnaît la république populaire de Chine.

7 octobre 1949 Proclamation de la RDA.

14 février 1950 Traité d'amitié, d'alliance et d'assistance sino-soviétique. Comme ils le redoutaient depuis 1945, les États-Unis ne peuvent plus faire de la Chine le pivot de leur politique asiatique et doivent reconstruire cette politique en s'appuyant sur le Japon.

19 février 1950 Début de la campagne anticommuniste du sénateur McCarthy, qui cherche à utiliser l'hystérie anticommuniste qui atteint les États-Unis pour obtenir sa réélection. La délation se déchaîne et, à Hollywood, Ronald Reagan y excelle. Elle entraîne l'exil en Europe de talents comme Charlie Chaplin ou Jules Dassin.

5 mai 1950 Robert Schuman propose la création de la CECA, qui répond parfaitement aux attentes des États-Unis. Acceptée, la proposition aboutit au traité de Paris, le 18 avril 1951.

25 juin 1950 L'armée nord-coréenne envahit la Corée du Sud et progresse très rapidement. Le 27 juin, l'ONU donne mandat aux États-Unis de diriger la coalition chargée d'empêcher la Corée du Nord de prendre le contrôle de toute la péninsule. MacArthur reçoit le commandement du corps expéditionnaire.

12 septembre 1950 « Je veux des Allemands en uniforme pour l'automne 1951 », déclare Dean Acheson, secrétaire d'État de Truman. La réponse sera, le 27 mai 1952, le traité créant la CED, aboutissement du plan Pleven.

12 février 1951 Autonomie interne de la Gold Coast.

11 avril 1951 Le général MacArthur est rappelé aux États-Unis, après avoir souhaité un bombardement nucléaire de la frontière chinoise pour isoler durablement la Chine du reste du monde.

1ᵉʳ septembre 1951 Signature du traité d'alliance entre Australie, États-Unis et Nouvelle-Zélande (ANZUS). Quoique très liés à la Grande-Bretagne, les deux dominions ont clairement conscience qu'elle n'est plus vraiment en mesure d'assurer leur sécurité depuis 1918. Ils ont du mal à oublier que la Grande-Bretagne, incapable d'assurer leur sécurité face à la menace japonaise entre 1941 et 1945, faisait combattre leurs propres soldats en Libye pour protéger Suez.

8 septembre 1951 Les États-Unis signent, à San Francisco, avec le Japon, un traité de paix assorti d'un pacte de sécurité. Depuis l'année précédente, le banquier Joseph Dodge prépare les conditions de la reconstruction économique du Japon. En 1955, le Japon est admis au GATT et au FMI. En 1956, il entre à l'ONU.

24 décembre 1951 Proclamation de l'indépendance de la Libye sous l'autorité du roi Idris, chef de la confrérie Sanusiyya.

1952 Lancement du cinémascope. C'est l'apogée du *star system* et de Hollywood.

1952 Début de la révolte des Mau-Mau, sur les hautes terres des Kikuyu au Kenya, qui retarde la décolonisation.

16 février 1952 Déjà bénéficiaires d'une protection étatsunienne, la Grèce et la Turquie entrent dans l'OTAN.

23 juillet 1952 En Égypte, l'Association des officiers libres renverse le roi Farouk. Dès leur succès, les Officiers libres bénéficient d'un appui étatsunien, en particulier pour obtenir le retrait des troupes britanniques stationnées à Suez.

26 juillet 1952 Mort d'Eva Perón.

10 septembre 1952 Israël et la RFA signent une convention des réparations pour les crimes commis pendant la période nazie.

1953-1956 Mouvement poujadiste, en France, qui mobilise les petits entrepreneurs indépendants menacés par la modernisation économique du pays.

1953 Alain Robbe-Grillet publie *Les Gommes*. Il devient rapidement un représentant majeur du courant littéraire du Nouveau Roman, qui se propose de transformer le genre romanesque, et dans lequel s'inscrivent également Nathalie Sarraute ou encore Claude Simon. Ces auteurs ont surtout des préoccupations formelles. Ils négligent les personnages au profit des objets qui les entourent. Robbe-Grillet est mieux reçu aux États-Unis, où il est invité par les universités, qu'en France.

1953 Le Tribunal constitutionnel fédéral de la RFA déclare cette dernière héritière de l'Allemagne unitaire de 1871. En s'appuyant sur cet avis, Konrad Adenauer tente d'empêcher le développement d'une politique extérieure de la RDA.

13 janvier 1953 La *Pravda* annonce la découverte du complot des blouses blanches, groupe de médecins dont le but était d'assassiner Staline.

5 mars 1953 Mort de Staline. Elle empêche le complot des blouses blanches de se transformer en purge antisémite.

19 juin 1953 Exécution, aux États-Unis, d'Ethel et Julius Rosenberg, malgré une culpabilité douteuse.

26 juin 1953 Beria, qui dirige le NKVD depuis l'automne 1938, est arrêté et exécuté.

27 juillet 1953 Armistice de Pam Mun Jon en Corée.

13 août 1953 Dans l'espoir de disposer d'un pouvoir marocain plus docile, la France dépose le sultan du Maroc, qu'elle devra finalement rétablir sur son trône en 1955.

19 août 1953 En Iran, la CIA fait tomber le chef du gouvernement, Mossadegh, coupable à ses yeux d'avoir voulu protéger les intérêts pétroliers de son pays face à l'exploitation étrangère du sous-sol iranien.

27 août 1953 Signature d'un concordat entre l'Espagne et le Saint-Siège.

26 septembre 1953 Accords hispano-américains. L'Espagne entre dans le dispositif militaire des États-Unis, qui lui accordent aide économique et caution diplomatique avec admission à l'ONU en 1955. Cet accord, comme le concordat, permet à l'Espagne franquiste de sortir de l'isolement dans lequel elle se trouve depuis la fin de la Seconde Guerre mondiale.

Septembre 1953 Nikita Khrouchtchev devient Premier secrétaire du PCUS.

Mars 1954 Lancement du projet de mise en valeur des terres vierges du Kazakhstan et de l'Altaï, soit 37 millions d'hectares. L'opération s'inscrit dans la compétition que Khrouchtchev veut lancer avec les États-Unis.

7 mai 1954 Reddition du camp retranché de Diên Biên Phu. Pierre Mendès France, à la faveur du choc psychologique qui s'ensuit dans l'opinion française, accède au pouvoir en affichant sa volonté de mettre un terme à la guerre d'Indochine.

17 mai 1954 L'arrêt de la Cour suprême des États-Unis *Brown vs. Board of Education of Topeka, Kansas*, ouvre le processus de déségrégation scolaire.

Mai-juillet 1954 Conférence de Genève sur les problèmes de Corée et d'Indochine. Le 21 juillet, les accords de Genève mettent fin à la guerre d'Indochine et laissent deux ans aux Vietnamiens du Nord et du Sud pour organiser des élections libres.

31 juillet 1954 Discours de Pierre Mendès-France à Carthage. Il annonce la volonté de la France d'accorder l'autonomie interne à la Tunisie. Il veut ainsi empêcher le développement de la violence nationaliste qui s'aggrave, comme au Maroc, depuis 1952.

24 août 1954 Au Brésil, accusé par les militaires de ne pas vraiment lutter contre les communistes, le président Getúlio Vargas se suicide.

30 août 1954 Les députés français font échouer la CED.

8 septembre 1954 Création de l'OTASE qui, en 1956, fixe son siège à Bangkok.

24 octobre 1954 Les accords de Paris réarment la RFA et l'admettent dans l'OTAN pour remédier à l'avortement de la CED.

1er novembre 1954 Début des « événements » d'Algérie. Convaincus que la fraude électorale institutionnalisée leur barre pour une durée indéterminée l'accès au pouvoir par les urnes, les militants nationalistes algériens décident de recourir à la violence.

2 décembre 1954 Le Sénat étatsunien, en blâmant le sénateur McCarthy, met un terme à ses agissements. McCarthy a eu le tort de s'en prendre grossièrement à des militaires de haut rang.

Milieu des années 1950 Début du rock and roll. En 1955, Bill Haley & His Comets créent *Rock around the Clock*. Cette musique populaire, qui emprunte à diverses sources, suscite de violents débats aux États-Unis, où certains membres du Congrès veulent interdire les concerts aux adolescents. Elvis Presley, *The King*, devient une vedette mondialement adulée. Son départ pour l'Allemagne, où il doit remplir ses obligations militaires, est pour ses fans étatsuniens un déchirement. L'impression de violence qui se dégage du rythme comme des paroles de certains textes de cette musique reflète les aspirations de la jeunesse étatsunienne étouffée par le conformisme. Au cinéma, *La Fureur de vivre*, avec James Dean, exprime les mêmes aspirations. Ce courant se répand très rapidement dans le monde, la Grande-Bretagne jouant un rôle important de relais, voire de création, comme avec la minijupe lancée par Mary Quant.

Il faut lier ces changements culturels aux États-Unis aux conséquences imprévues de la nomination par Eisenhower de Earl Warren comme *chief justice*, à la tête de la Cour suprême. Ce magistrat, réputé conservateur au moment de sa nomination, impose, avec ses collègues, une jurisprudence libérale, qui sera le support de la société permissive.

24 février 1955 Signature du pacte de Bagdad par l'Irak et la Turquie, grâce à l'entremise britannique. Ouvert à d'autres participants, il permet d'assurer une continuité territoriale entre les espaces couverts par l'OTAN et par l'OTASE, et de mieux réaliser le *containment* de l'URSS, surtout après l'adhésion de la Grande-Bretagne, membre de l'OTAN, et du Pakistan, membre de l'OTASE.

Février 1955 Reuther, président du CIO, qui s'est éloigné des communistes, accepte la fusion avec l'AFL, qui est effective en décembre.

18-24 avril 1955 Conférence afro-asiatique de Bandoeng. Nehru, Nasser et Zhou Enlai en sont les principaux acteurs. L'impérialisme, tant étatsunien que soviétique, y est vivement dénoncé. Les ex-colonies ayant accédé à la souveraineté décident d'aider les pays encore colonisés à se libérer de la tutelle coloniale.

14 mai 1955 Création du pacte de Varsovie en riposte aux accords de Paris. Il n'entraîne pas de bouleversements dans l'organisation militaire du bloc soviétique qui est déjà organisé.

15 mai 1955 Traité d'État sur l'Autriche, dont la neutralité est garantie par les « quatre grands ».

26 mai-3 juin 1955 Khrouchtchev et une forte délégation soviétique font un voyage officiel à Belgrade pour clore le conflit avec Tito. La Yougoslavie ne rejoint pas pour autant le bloc soviétique.

16 juin 1955 Coup d'État militaire réussi contre Juan Perón, en Argentine. S'ouvre une période troublée avec deux épisodes de dictature militaire, en 1966-1973 et 1976-1983, qui encadrent le retour du péronisme de 1973 à 1976.

9-13 septembre 1955 Konrad Adenauer fait un voyage officiel à Moscou.

Décembre 1955 Admission du Portugal à l'ONU.

Décembre 1955 Les Noirs de Montgomery, Alabama, entament un boycott de la compagnie d'autobus pour dénoncer la ségrégation dont ils sont victimes. Au fil des années, le mouvement s'amplifie dans différents États de l'Union.

1ᵉʳ janvier 1956 Indépendance du Soudan, qui a refusé d'être rattaché à l'Égypte.

6 février 1956 Violente manifestation à Alger contre le président du Conseil Guy Mollet, venu installer le général Catroux comme gouverneur général de l'Algérie. Mollet fait volte-face, remplace Catroux par Robert Lacoste et engage la France dans la guerre, alors qu'il vient de gagner les élections sur l'annonce du rétablissement de la paix.

14-25 février 1956 XXᵉ congrès du PCUS. On y expose la théorie de la coexistence pacifique, nouveau fondement de la politique extérieure soviétique. À l'issue du congrès est présenté à un petit groupe de privilégiés le rapport secret qui dénonce les agissements coupables de Staline. De nombreux communistes refusent de croire à l'existence d'un tel rapport.

7 mars 1956 Indépendance du Maroc.

20 mars 1956 Indépendance de la Tunisie.

23 juin 1956 Adoption de la loi-cadre Defferre, mise en application dès l'année suivante. Elle ouvre la voie à une participation plus importante des indigènes des territoires coloniaux à la gestion de leurs affaires. Le changement de Constitution empêchera son application dans la durée.

18 juillet 1956 Les États-Unis informent Nasser du retrait de leur proposition de financement de la construction du barrage d'Assouan. Ce retrait entraîne celui de la BIRD et de la Grande-Bretagne. Le 26 juillet, Nasser riposte en nationalisant la Compagnie universelle du canal de Suez pour pouvoir affecter ses revenus au financement d'Assouan.

Août 1956 Le Togo, sous mandat français, devient une république autonome.

1ᵉʳ septembre 1956 Article de Raymond Cartier dans *Paris Match*: « La Corrèze avant le Zambèze ». L'article souligne ce que coûtent à la France les territoires coloniaux, alors que l'équipement du territoire métropolitain piétine et nécessite davantage d'argent.

22 octobre 1956 Interception, dans l'espace aérien international, de l'avion du sultan du Maroc transportant les chefs du FLN.

4 novembre 1956 Les chars soviétiques répriment le soulèvement de Budapest. Les émetteurs de radio étatsuniens en Europe ont laissé espérer une aide aux insurgés. Cette aide ne viendra jamais.

5-6 novembre 1956 Les États-Unis imposent aux trois coalisés (France, Israël et Grande-Bretagne) l'arrêt immédiat de leur agression militaire contre l'Égypte. Battu sur le terrain, Nasser apparaît en vainqueur, et l'URSS, en volant au secours de la victoire, réussit à faire partiellement oublier son intervention à Budapest. Cette démarche d'Eisenhower marque le début d'un engagement étatsunien au Moyen-Orient.

1er janvier 1957 Réintégration de la Sarre dans la RFA. Le plébiscite de 1935 avait déjà clairement montré la volonté de la population de rester allemande. Pour préserver les intérêts économiques français, le rattachement économique est retardé au 1er janvier 1960.

5 janvier 1957 Le Congrès adopte la « doctrine Eisenhower », qui autorise le président des États-Unis à intervenir pour arrêter toute attaque communiste « directe » contre un pays du Proche-Orient, et à aider économiquement les États arabes qui approuvent cette doctrine.

6 mars 1957 Indépendance de la Gold Coast, qui devient le Ghana, sous l'autorité de Kwame Nkrumah.

25 mars 1957 Signature des traités de Rome qui créent le Marché commun et l'EURATOM.

26 août 1957 Indépendance de la Malaisie, où les Britanniques étaient restés en invoquant la sécurité des populations face à une guérilla communiste, mais aussi pour garder le contrôle du caoutchouc et de l'étain.

4 octobre 1957 L'URSS réussit à lancer le premier satellite Spoutnik, puis un second le 3 novembre. Pour les États-Unis, c'est un choc psychologique.

1958-1960 En Chine, Mao crée les communes populaires et décide le Grand Bond en avant. Le « Petit

Livre rouge » commence une carrière de *best-seller* grâce à la « maomania » qui se diffuse un peu partout dans le monde.

1958-1959 Plan Rueff-Pinay et création du nouveau franc. La division par cent donne l'impression d'une monnaie forte, quasiment à parité avec le deutsche Mark.

1er février 1958 Création de la République arabe unie, dont la Syrie constitue la province Nord et l'Égypte la province Sud. L'expérience se termine le 28 septembre 1961, les Syriens ne supportant pas la subordination découlant des choix centralisateurs de Nasser.

8 février 1958 Bombardement du village de Sakiet Sidi Youcef, en Tunisie, par l'aviation française. Paris doit accepter une mission de bons offices anglo-étatsunienne.

Février 1958 Le Togo obtient une quasi-indépendance, la France ne garde compétence que pour la défense, la monnaie et la diplomatie.

Mai 1958 Voyage mouvementé du vice-président Nixon en Amérique latine. Du fait de l'hostilité de la population à l'égard des États-Unis, il manque d'être victime de violences à Caracas.

13 mai 1958 Putsch à Alger, que le gouvernement français camoufle en déléguant au commandant en chef les pleins pouvoirs pour garantir la sécurité des biens et des personnes.

1er juin 1958 De Gaulle est investi comme président du Conseil de la IVe République.

14 juillet 1958 Le général Kassem renverse la monarchie irakienne et proclame la république.

20-28 août 1958 Voyage en Afrique de De Gaulle pour appeler les électeurs à approuver la nouvelle Constitution et, ce faisant, à entrer dans la Communauté européenne. Le 25 août, à Conakry, son entrevue avec Sékou Touré, hostile au projet, est particulièrement tendue.

28 septembre 1958 Les Français ratifient la Constitution de la Ve République. La Guinée, qui a massivement voté en faveur du non, rompt *ipso facto* tous ses liens avec la France.

28 octobre 1958 Élection du cardinal Angelo Roncalli, qui devient le pape Jean XXIII.

1958 Mise sur le marché du Boeing 707. La décennie 1960 voit les avions à réaction prendre la relève des appareils à hélices. Aux antipodes de la France, Nouméa est dorénavant accessible en vingt-cinq heures, contre trente-cinq jours par bateau.

1959 Naissance de la Nouvelle Vague, marquée par la production de *À bout de souffle* et des *400 coups*. La réflexion autour des *Cahiers du cinéma* est servie par l'évolution technique des matériels, en particulier des caméras plus maniables. De ce fait, durant les années 1960, les tournages en studio diminuent et les grandes firmes cinématographiques étatsuniennes doivent réorienter leur activité. Elles approvisionnent la télévision en séries qui s'exportent dans le monde entier et sont un moyen de diffusion de la culture de masse étatsunienne.

1er janvier 1959 Le dictateur Batista, soutenu par les États-Unis, s'enfuit de La Havane, laissant la voie libre à Fidel Castro. Les Cubains font à celui-ci un accueil enthousiaste, heureux de recouvrer leur dignité et leur souveraineté économique.

17 mars 1959 Répression chinoise de la révolte du Tibet. Le dalaï-lama s'exile.

15-27 septembre 1959 Voyage de Khrouchtchev aux États-Unis, après celui du vice-président Nixon à Moscou en juillet.

13-15 novembre 1959 En RFA, le SPD tient son congrès à Godesberg. Il y renonce à la collectivisation des moyens de production et d'échange, abandonnant les thèses marxistes.

20 novembre 1959 Création de l'AELE, à Stockholm, à l'initiative de la Grande-Bretagne, pour s'opposer au Marché commun en accroissant les échanges entre pays membres, sans envisager la moindre intégration économique.

1960 L'URSS rappelle ses experts de Chine et met un terme à son aide économique. Pékin dénonce le « révisionnisme » soviétique.

24-31 janvier 1960 Semaine des barricades à Alger pour exprimer le refus par les colons de la politique de De Gaulle, qui s'infléchit vers la reconnaissance de l'indépendance de l'Algérie.

1er mai 1960 Les forces soviétiques abattent un avion-espion U2 étatsunien qui survolait l'URSS. Cela entraîne l'échec du sommet convoqué à Paris le 16 mai.

Juin 1960 De peur de trop violentes manifestations d'hostilité, le gouvernement japonais préfère annuler le voyage officiel du président Eisenhower au Japon.

30 juin 1960 Cérémonie d'indépendance du Congo belge à Léopoldville, en présence du roi Baudoin. Des troubles éclatent aussitôt et, en août, le Katanga fait sécession sous la direction de Moïse Tshombe. La richesse minérale du Katanga est une explication essentielle de ces événements.

Juin-septembre 1960 Après le Mali, en septembre 1959, toutes les possessions françaises d'Afrique sub-saharienne utilisent les possibilités offertes par la nouvelle Constitution française pour accéder à l'indépendance. La communauté prévue par la Constitution n'aura pas le temps d'être organisée. Entre 1960 et 1966, l'Afrique subsaharienne recouvre sa souveraineté, sauf Djibouti, les colonies portugaises où, en 1961, éclate une guérilla, et la Rhodésie du Sud qui, en 1965, se proclame indépendante sous un gouvernement blanc, avant de devenir le Zimbabwe en 1980.

Septembre 1960 Création de l'OPEP par cinq pays producteurs réunis à Bagdad. Ils veulent mettre un terme à la spoliation dont ils sont victimes de la part des grandes compagnies qui n'acquittent que de modestes royalties en contrepartie du pétrole qu'elles extraient du sous-sol de ces pays.

26 septembre 1960 Premier débat télévisé entre Kennedy et Nixon dans le cadre de la campagne présidentielle.

1er octobre 1960 Indépendance du Nigeria, autonome depuis 1956.

10 octobre 1960 Ne supportant pas l'expropriation de 1 200 000 hectares décidée par Castro aux dépens d'Étatsuniens, Washington décide l'embargo sur les exportations vers Cuba. En essayant d'asphyxier économiquement l'île, les États-Unis accélèrent le rapprochement de Castro et de l'URSS.

7 novembre 1960 Élection de J. F. Kennedy à la présidence des États-Unis.

1961-1962 Accord sur les principes de la PAC entre les membres du Marché commun. De 1960 à 1962, de violentes manifestations paysannes éclatent en France, où beaucoup de paysans redoutent de disparaître. La France adopte des lois d'orientation agricole pour aider la modernisation de l'agriculture française.

4 février 1961 En Angola, le MPLA lance la guérilla contre la présence portugaise. Ces premières violences nationalistes sont sévèrement réprimées par les autorités. Très vite, les troubles affectent tous les territoires africains sous souveraineté portugaise.

13 mars 1961 Kennedy annonce la création, effectivement réalisée durant l'été, de l'Alliance pour le progrès, destinée à sortir l'Amérique latine de la pauvreté et de ses conséquences. Les résultats ne seront pas à la hauteur des espérances. Les États-Unis ne s'engagent dans l'opération qu'à hauteur de 12 milliards de dollars, contre 80 milliards que doivent apporter les pays d'Amérique latine. On est très loin du montant engagé dans le plan Marshall !

12 avril 1961 Youri Gagarine est le premier homme satellisé autour de la Terre. Ce nouveau succès soviétique conduit Kennedy à lancer le programme Apollo. En conséquence, la NASA, dirigée par Wernher von Braun, ancien responsable du programme balistique des nazis, reçoit mission de gagner la compétition pour atteindre la Lune.

15 avril 1961 La CIA lance contre Castro, dans le débarquement de la baie des Cochons, les mercenaires cubains qu'elle a recrutés. L'opération aéroterrestre est un échec cuisant pour le nouveau président des États-Unis.

22-25 avril 1961 Putsch des généraux à Alger. Le « quarteron de généraux en retraite » réussit surtout à stimuler les partisans de la fin de la guerre et de l'indépendance de l'Algérie.

12 août 1961 Début de la construction du mur de Berlin, qui doit enrayer l'exode démographique dont souffre la RDA. Le 26 juin 1963, en pleine crise entre États-Unis et URSS, Kennedy affirme à Berlin : *Ich bin ein Berliner.* Berlin devient le symbole de la liberté et de sa fragilité.

1er-5 septembre 1961 Premier sommet des non-alignés à Belgrade, avec 25 participants. Sous la direction de Nasser, Nehru et Tito, le mouvement espère rassembler tous les États qui refusent de choisir entre les deux blocs. Mais la richesse des États-Unis fait rêver, même ceux qui les détestent et les combattent.

18 octobre 1961 Pour réaliser la construction européenne, la France présente sa proposition d'« union des États », projet connu sous le nom de plan Fouchet, qui n'aboutit pas.

1962 Constitution du groupe de musique pop The Beatles, à Liverpool. Début de la « beatlemania », qui finit par gagner le monde entier jusqu'à la dissolution du groupe en 1970. La même année, le groupe des Rolling Stones se constitue à Londres. Certains leur reprochent d'être plus sulfureux que les Beatles. En France, Johnny Hallyday crée *L'Idole des jeunes*. Le tournant des années 1960 voit le succès du magazine *Salut les copains* et des yé-yé.

1962 Alexandre Soljenitsyne est autorisé à publier *Une journée d'Ivan Denissovitch*. La publication est faite dans le numéro onze de la revue *Novy Mir*.

1962 Installation d'une mission d'assistance militaire étatsunienne au Vietnam, dont le commandement se fixe à Saigon.

1962 Par l'arrêt *Engel vs. Vitale*, la Cour suprême interdit les prières dans les écoles publiques des États-Unis. Leur rétablissement est un des chevaux de bataille des conservateurs depuis la présidence Reagan.

19 mars 1962 Accords d'Évian, qui mettent un terme aux combats en Algérie.

4 avril 1962 Le Département d'État rend publique la doctrine de la riposte graduée, qui remplace celle des représailles massives dans la dissuasion nucléaire entre les deux grandes puissances.

3 juillet 1962 Indépendance de l'Algérie dans une grande violence et avec un exode douloureux des colons européens. Contre les ordres du gouvernement français, des officiers permettent à des harkis de se réfugier en France.

1962-1980

CHRONOLOGIE DU XXᵉ siècle

Vingt ans après la guerre, les États-Unis sont confrontés à la concurrence de leurs alliés, qu'ils ont aidés à se reconstruire, et sont obligés de reconnaître que, tout en s'étant enrichis, ils n'ont plus systématiquement à leur disposition des moyens financiers très supérieurs à ceux de leurs compétiteurs. Si l'industrie étatsunienne comptait pour 44,7 % de la production industrielle dans le monde, en 1980 elle n'y participe plus qu'à hauteur de 21,5 %. Alors qu'en 1950 les États-Unis assuraient 36,69 % du commerce mondial, en 1970 ils n'y contribuent que pour 12,28 %. À l'inverse, aux mêmes dates, la RFA y participe pour respectivement 3,52 % puis 12,09 %. Le Japon est passé de 1,46 % à 9,83 %.

Pour autant, les États-Unis n'ont pas l'intention de se défaire de leur situation dominante, de leur *leadership*. On comprend alors le projet d'aménagement de l'OTAN proposé par Kennedy, mais rejeté par De Gaulle, qui refuse l'idée que la France ne soit plus qu'une puissance moyenne et n'entend se soumettre à personne. Ils réussissent cependant à sauvegarder les organismes mis en place au terme de la Seconde Guerre mondiale et à en conserver le contrôle. Ainsi, ils refusent la révision du FMI demandée par De Gaulle. Les États-Unis doivent gérer cette évolution du monde qu'ils ont mis en place en 1945, en même temps qu'ils sont empêtrés au Vietnam, en butte aux critiques de certains alliés et aux violentes attaques des pays du bloc communiste et du tiers-monde. L'opinion publique américaine retrouve alors la tentation du repli sur les États-Unis, inquiète de la critique interne, voire de la désespérance qui saisit une partie de la société états-unienne. La compassion que suscite le tiers-monde génère un fort sentiment d'hostilité contre les États-Unis, qui symbolisent la domination et l'exploitation économique brutale, maintenant que les pays européens ont renoncé à leurs empires coloniaux et se donnent bonne conscience en développant les engagements humanitaires et en prônant la coopération.

4 juillet 1962 J. F. Kennedy lance l'idée d'un *partnership* atlantique, qui ferait coopérer les États-Unis d'Amérique et les États-Unis d'Europe, dont la Grande-Bretagne. Ce partenariat exclut le domaine militaire.

5 août 1962 Suicide de Marilyn Monroe, dernière star de Hollywood, dont les capacités d'actrice sont très supérieures à l'image que lui a forgée la presse. Une vie personnelle tourmentée explique sa fin prématurée.

11 octobre 1962 Ouverture de la première session du concile Vatican II, clos après sa quatrième et dernière session le 7 décembre 1965.

14-28 octobre 1962 Grave crise internationale à cause de la tentative soviétique d'installer des missiles à Cuba. Dans cette crise, le bloc occidental est sans faille. À l'ambassadeur étatsunien venu lui apporter les photos des installations soviétiques, De Gaulle répond, sans les regarder, que la France est aux côtés des États-Unis, sans la moindre hésitation. À l'ambassadeur soviétique, qui souligne le risque de guerre nucléaire, il répond : « Monsieur l'Ambassadeur, nous mourrons ensemble. » À l'issue de cette crise, les dirigeants des deux grandes puissances décident d'améliorer leurs moyens de contacts et d'installer entre Moscou et Washington le téléphone rouge, en fait un télétype.

20 octobre-21 novembre 1962 Affrontements militaires sino-indiens à propos des frontières de l'Himalaya.

5 décembre 1962 Accord soviéto-étatsunien sur l'exploration pacifique de l'Espace.

18-21 décembre 1962 Conférence de Nassau entre Britanniques et Étatsuniens. Au terme des accords conclus, Londres accepte la subordination de sa force nucléaire aux États-Unis, choisissant le rôle de second, comme le dit clairement et avec ironie Macmillan : « Soyons les Grecs de ces nouveaux Romains. » Pour De Gaulle, la Grande-Bretagne renonce ainsi à toute politique étrangère souveraine et n'est que le cheval de Troie des États-Unis quand elle demande à entrer dans la CEE. Au nom de la France, il décide donc de s'y opposer pour préserver la souveraineté européenne qui reste à construire.

1963 Betty Friedan publie *La Femme mystifiée*. Le combat des femmes, dans les années 1960-1970, se radicalise et met en avant la libération, la fin de l'exploitation des femmes. La liberté sexuelle *lato sensu* est au centre des revendications dans tous les pays. Les pétitions et les manifestations plus ou moins provocatrices se multiplient.

2 janvier 1963 Premiers morts étatsuniens au Vietnam, où l'ingérence des États-Unis s'accroît régulièrement depuis 1956.

14 janvier 1963 Conférence de presse de De Gaulle. Il rejette le *partnership* atlantique ainsi que la candidature britannique au Marché commun, et annonce son choix d'une force de dissuasion française indépendante.

21-22 janvier 1963 Traité franco-allemand de l'Élysée. Le Bundestag le ratifie en ajoutant un préambule qui réaffirme les liens privilégiés de la RFA et des États-Unis. Pour De Gaulle, le traité perd, *ipso facto*, beaucoup de son intérêt.

1er mars-4 avril 1963 En France, grève des mineurs que l'ordre de réquisition du gouvernement ne parvient pas à briser et qui est marquée par de puissantes manifestations.

25 mai 1963 Création de l'Organisation de l'unité africaine à Addis-Abeba, où elle fixe son siège. Sa charte se réfère à celle de l'ONU.

14 juin 1963 Après la dénonciation, le 8 mars 1963, des traités inégaux imposés à la Chine par la Russie tsariste, la publication, à Pékin, de la condamnation du « révisionnisme soviétique » rend publique la rupture sino-soviétique.

19 juin 1963 L'administration Kennedy dépose au Congrès un projet de loi interdisant la ségrégation raciale dans tous les lieux publics, emplois et écoles.

20 juillet 1963 Par la convention de Yaoundé, les pays du Marché commun décident d'apporter une aide à 19 États africains récemment décolonisés.

5 août 1963 Traité de Moscou sur les expériences nucléaires. États-Unis, Grande-Bretagne et URSS s'engagent à ne plus procéder à des explosions d'armes nucléaires dans les mers ni dans l'atmosphère à partir du mois d'octobre. 99 autres signent le texte.

28 août 1963 Emmenées par Martin Luther King, 250 000 personnes, noires et blanches, marchent à Washington pour demander l'application des droits civiques.

22 novembre 1963 Assassinat de J. F. Kennedy à Dallas. Aucune explication satisfaisante n'est donnée de cet assassinat. Le vice-président Lyndon Johnson devient président des États-Unis.

1964 Première CNUCED à Genève.

27 janvier 1964 La France reconnaît *de jure* la république populaire de Chine.

31 mars 1964 Coup d'État militaire au Brésil, avec l'aval des États-Unis, contre le président Joao Goulart. Les militaires s'installent au pouvoir pour vingt et un ans, jusqu'au 15 janvier 1985.

29 mai 1964 Création de l'OLP.

4 août 1964 Les États-Unis procèdent aux premiers bombardements aériens contre la république démocratique du Vietnam.

7 août 1964 Le Congrès des États-Unis donne au président les pleins pouvoirs pour « repousser toute attaque armée », mais aussi « prévenir toute agression future » au Vietnam.

15 octobre 1964 Une dépêche annonce qu'il « a été donné suite à la demande de Nikita Khrouchtchev d'être libéré de ses fonctions ». Leonid Brejnev remplace Khrouchtchev à la tête du PCUS.

16 octobre 1964 La Chine fait exploser sa première bombe nucléaire.

3 novembre 1964 Johnson est élu président des États-Unis.

1965 Émeutes de Watts, à Los Angeles, qui font des dizaines de morts et de très importants dégâts matériels.

4 février 1965 De Gaulle dénonce, lors d'une conférence de presse, le pouvoir exorbitant que les États-Unis tirent du rôle du dollar dans le système monétaire international, dont il demande la réforme. La France décide de convertir une partie de ses réserves de dollars en or.

Février 1965 Début des bombardements étatsuniens sur le Vietnam.

Avril 1965 Poursuivi par la police du chah d'Iran, l'ayatollah Khomeiny se réfugie en Irak, d'où il poursuit son combat contre les choix économiques et la politique de laïcisation du régime.

28 avril 1965 Les États-Unis envoient 2 000 *marines* à Saint-Domingue, où s'affrontent partisans et adversaires du président Bosch.

2 mai 1965 La doctrine Johnson porte un coup sévère au « bon voisinage » en Amérique latine. Le président affirme que les « nations américaines ne peuvent, ni ne veulent, ni ne voudront autoriser l'établissement d'un autre gouvernement communiste dans l'hémisphère occidental ».

9 août 1965 Singapour quitte la fédération de Malaisie pour devenir un État souverain.

Septembre 1965 Après le vote, en 1964, de la loi sur les droits civils, le président Johnson, qui propose aux Étatsuniens la réalisation de la « grande société », signe le décret sur l'*affirmative action*.

11 novembre 1965 La Rhodésie du Sud, sous l'autorité de Ian Smith, déclare unilatéralement son indépendance pour préserver le pouvoir des colons blancs. Après quinze ans de vicissitudes, un accord est trouvé à la fin de 1979, et le 18 avril 1980, le Zimbabwe accède à l'indépendance.

19 décembre 1965 De Gaulle est élu président de la République au suffrage universel, après avoir été mis en ballottage au premier tour. Lors de la campagne électorale, Jean Lecanuet a utilisé des méthodes en usage dans les campagnes électorales étatsuniennes.

1965 Le président Johnson décide de faire intervenir directement des troupes étatsuniennes au Vietnam. À l'apogée de l'engagement, il y a plus de 500 000 hommes engagés, avec des moyens matériels considérables.

1965-1966 La France ouvre la crise de la chaise vide en Europe, en refusant de siéger dans les instances du Marché commun, crise close par le compromis de Luxembourg.

1966 Dans la seconde moitié de la décennie, du fait de la permanence du rejet des Noirs par les Blancs, émerge aux États-Unis le courant du Black Power, qui appelle la communauté noire dans son ensemble à assurer elle-même son émancipation et à obtenir l'égalité, pour ensuite imposer aux Blancs un rapport de forces. Les Black Muslims vont jusqu'à souhaiter une séparation et la création d'une nation noire. Ex-membre des Black Muslims, Malcolm X prône la contreviolence noire contre la violence des Blancs envers les Noirs, en invoquant le deuxième amendement, qui autorise le port d'arme à tout citoyen étatsunien. Cette idée est mise en œuvre par les Black Panthers, dont la lutte dure jusqu'au début des années 1970 et est marquée par de violents affrontements avec la police.

3-15 janvier 1966 Les représentants des États et des mouvements révolutionnaires du tiers-monde se réunissent à La Havane. Cette conférence de la Tricontinentale doit élaborer les moyens de lutter contre l'impérialisme étatsunien.

16 avril 1966 Appel du *Journal de l'armée*, qui déclenche la grande révolution culturelle prolétarienne en Chine. Au début de janvier 1967, les troubles commencent avec la création de la commune de Shanghai par les gardes rouges.

1er juillet 1966 La France retire ses troupes du commandement intégré de l'OTAN, mais reste membre de l'Alliance atlantique. Les États-Unis doivent quitter toutes leurs bases du territoire français.

1er septembre 1966 Discours de Charles de Gaulle, à Phnom Penh, exhortant les États-Unis à cesser la guerre au Vietnam.

1967 Jean-Jacques Servan-Schreiber publie *Le Défi américain*. Les États-Unis fascinent par leur capacité d'invention, mais inquiètent aussi à cause du drainage des cerveaux qui leur fournit une partie des composantes de leur puissance intellectuelle.

1967 Première greffe du cœur par le chirurgien sud-africain Barnard.

14 février 1967 Quatorze États latino-américains signent un traité dénucléarisant l'Amérique latine.

17 mars 1967 Naufrage, dans la Manche, du *Torrey Canyon*, qui entraîne une grave marée noire.

30 mai 1967 La sécession du Biafra entraîne le Nigeria dans une longue guerre civile à partir du début de juillet jusqu'en janvier 1970. Les images des enfants atteints de malnutrition et de sous-alimentation bouleversent l'opinion des pays nantis, qui se lancent dans l'action humanitaire.

5-10 juin 1967 Israël attaque préventivement l'Égypte, la Jordanie et la Syrie. Cette guerre des Six-Jours permet à Israël d'occuper le Golan, la Cisjordanie, Gaza et le Sinaï, ainsi que Jérusalem-Est. Elle marque aussi le début de l'engagement résolu des États-Unis aux côtés de l'État d'Israël, qui a tout fait pour apparaître comme le seul partenaire fiable dans la région. La résolution 242 du Conseil de sécurité de l'ONU, ordonnant à Israël l'évacuation des territoires occupés, est ignorée par Tel-Aviv, comme d'autres résolutions antérieures. Ce second revers des États arabes pousse sur le devant de la scène les mouvements de résistance palestinienne. Le Fatah de Yasser Arafat et le FPLP de George Habache sont en compétition pour contrôler l'OLP.

17 juin 1967 Explosion de la première bombe H chinoise.

15-27 juillet 1967 En visite à Montréal, De Gaulle lance : « Vive le Québec libre ! » et doit interrompre prématurément sa visite.

3-8 août 1967 Fondation de l'ANSEA par l'Indonésie, la

Malaisie, les Philippines, Singapour et la Thaïlande. L'objectif est de préserver la sécurité de la région, en bloquant l'expansion communiste, et de renforcer sa stabilité économique et sociale.

30 janvier 1968 Offensive généralisée des Vietnamiens du Nord contre les troupes américaines (offensive du Têt).

31 mars 1968 En même temps qu'il annonce sa décision de ne pas briguer un second mandat présidentiel, Lyndon Johnson annonce l'arrêt des bombardements au nord du 20e parallèle au Vietnam. Hanoï accepte peu après d'ouvrir des négociations à Paris.

Avril 1968 Le nouveau secrétaire général du PC tchécoslovaque, Dubcek, décide des mesures libérales pour tenter de développer un « socialisme à visage humain ».

4 avril 1968 Assassinat de Martin Luther King à Memphis, Tennessee.

Mai 1968 Agitation étudiante et troubles sociaux dans de nombreux pays. En France, l'agitation, qui commence le 6 mai, est majoritairement étudiante. Le mouvement se propage dans le monde ouvrier, mais il y reste contrôlé par les appareils syndicaux et permet, en plus d'une forte hausse de salaires, l'obtention de quelques mesures sociales. Après vingt-quatre heures de « disparition », De Gaulle reprend le contrôle de la situation en dissolvant l'Assemblée nationale et en rétablissant la distribution d'essence. Le franc est affaibli et De Gaulle, qui a besoin du soutien financier des États-Unis, met un terme à sa guerre contre le dollar. En Italie, ce mouvement est avant tout ouvrier, et arrache un nombre important de réformes. Contrairement à la France, l'économie italienne ne parvient pas à amortir le choc de 1968, et le mouvement de contestation voit une partie de ses protagonistes basculer dans l'action violente. L'enlèvement, le 16 mars 1978, puis l'assassinat d'Aldo Moro par les Brigades rouges en est un des épisodes les plus graves. Aux États-Unis, l'agitation sur les campus dure jusqu'à la fin de la guerre au Vietnam.

1er juillet 1968 Achèvement du désarmement douanier européen.

1er juillet 1968 Traité de non-prolifération nucléaire. Les membres du club nucléaire tentent d'empêcher les autres pays de se doter de cet armement. Une soixantaine d'États acceptent de le signer.

21 août 1968 Intervention des troupes du pacte de Varsovie en Tchécoslovaquie, pour mettre un terme au Printemps de Prague. Leonid Brejnev développe la théorie de la « souveraineté limitée ».

7 octobre 1968 La Motion Picture Association of America remplace le code Hays, qui régissait la production cinématographique étatsunienne depuis 1930, par une classification des films toujours en vigueur aux États-Unis.

5 novembre 1968 Élection de Nixon à la présidence des États-Unis.

1er-4 février 1969 Le Conseil national palestinien désigne Yasser Arafat comme président du comité exécutif de l'OLP.

2 mars 1969 Affrontements sanglants sur la frontière orientale sino-soviétique (Oussouri).

28 avril 1969 Démission de De Gaulle de la présidence de la République française après la victoire du « non » au référendum.

15 juin 1969 Georges Pompidou est élu président de la République.

1969 La Grande-Bretagne décide d'abandonner tout engagement à l'est de Suez.

1969 Lors du sommet de La Haye, Paris lève le veto qu'il a opposé à la candidature britannique à l'entrée dans la CEE en 1963 et 1967.

20 juillet 1969 Les astronautes américains se posent sur la Lune. Neil Armstrong marche sur la Lune. C'est un grand succès pour la NASA.

23 juillet 1969 *Caudillo por la gracia de Dios*, et surtout du fait de sa victoire sur les Républicains, Franco désigne pour lui succéder à sa mort Juan Carlos de Borbón y Borbón, petit-fils du roi Alphonse XIII. Un ensemble de dispositions doit enfermer le roi dans la construction politique franquiste.

15-18 août 1969 Un grand concert de rock réunit 400 000 jeunes à Woodstock, dans l'État de New York.

Août 1969 Le gouvernement britannique est obligé d'envoyer des troupes du fait de l'aggravation des violences interconfessionnelles à Belfast.

1970 Durant la décennie 1970 se développe aux États-Unis, et très vite en dehors, la mode du politiquement correct. On use de termes qui visent à ne pas blesser les personnes, les minorités : il n'y a plus de sourds, mais des malentendants, et les culs-de-jatte sont des personnes à mobilité réduite !

1970 Soljenitsyne reçoit le prix Nobel de littérature.

1970 Britanniques et Étatsuniens évacuent leurs bases militaires de Libye.

Février 1970 Voyage de Georges Pompidou aux États-Unis, où la communauté juive organise de violentes manifestations d'hostilité, au point de mettre la présidence dans l'embarras.

25 mai 1970 Lancement réussi du premier satellite chinois.

12 août 1970 Dans le cadre de l'*Ostpolitik*, un traité est signé entre la RFA et l'URSS, reconnaissant l'inviolabilité des frontières européennes et le non-recours à la force.

15-28 septembre 1970 En Jordanie, le gouvernement royal réprime militairement les agissements des militants maximalistes de l'OLP, qui affichent l'intention de renverser le régime. Un groupe de résistants palestiniens extrémistes prend le nom de Septembre noir en l'honneur des victimes des combats (entre 600 et 3 400). Chassée de Jordanie, l'OLP se réfugie au Liban, où les réfugiés palestiniens et leurs groupes armés de résistance échappent à tout contrôle de l'État libanais.

28 septembre 1970 Mort de Gamal Abdel Nasser.

9 novembre 1970 Mort de Charles de Gaulle.

7 décembre 1970 Signature d'un traité entre la RFA et la Pologne, qui comporte la reconnaissance de la ligne Oder-Neisse.

1971 Premier déficit commercial des États-Unis au XXe siècle.

15 août 1971 Suspension de la convertibilité du dollar en or.

12 octobre 1971 Ouverture des fêtes fastueuses qui sont organisées à Persépolis pour commémorer le 2 500e anniversaire de la monarchie perse.

26 octobre 1971 La république populaire de Chine se substitue à la Chine nationaliste à l'ONU et au Conseil de sécurité.

28 octobre 1971 La Chambre des communes approuve l'adhésion de la Grande-Bretagne au Marché commun.

16 décembre 1971 Éclatement du Pakistan et indépendance du Bangladesh.

18 décembre 1971 Le dollar est dévalué de 8 %.

1972 Mise au point du microprocesseur aux États-Unis.

21-28 février 1972 Voyage du président Richard Nixon en Chine.

21 mars 1972 Création du « serpent monétaire » européen qui doit permettre de limiter les fluctuations entre les monnaies des pays membres.

22-30 mai 1972 Rencontre Brejnev-Nixon, à Moscou. Accord Salt I sur la limitation des armes nucléaires.

17 juin 1972 Cambriolage des bureaux du parti démocrate à Washington, en pleine campagne électorale. L'affaire du Watergate commence.

27 juin 1972 Signature d'un programme commun de gouvernement par le PCF et le PS.

Septembre 1972 Le Japon reconnaît la république populaire de Chine comme le seul gouvernement chinois.

7 novembre 1972 Le président Nixon obtient un second mandat.

21 décembre 1972 Traité bilatéral de reconnaissance entre les deux Allemagnes. La RFA renonce à sa prétention de représenter toute l'Allemagne. Cela permet aux pays occidentaux de reconnaître la RDA.

1972 Rapport du club de Rome sur les risques environnementaux, qui prône une « croissance zéro ». Au milieu de la décennie 1970 commence la crise alliant croissance faible, voire récession, et inflation : c'est la « stagflation » dans le monde capitaliste. Dans le bloc communiste, les difficultés économiques deviennent clairement perceptibles, en particulier avec l'inflexion à la hausse des courbes de mortalité en URSS.

1973 Soljenitsyne fait publier en Occident *L'Archipel du goulag*, qu'il a fait sortir clandestinement d'URSS.

1973 Abandon de la convertibilité du dollar.

1973 L'arrêt *Roe vs. Wade* de la Cour suprême retire aux États la possibilité d'empêcher l'avortement dans les six premiers mois de la grossesse.

27 janvier 1973 Signature des accords de Paris sur le Vietnam. Fin de l'intervention directe des États-Unis, qui poursuivent les bombardements pour aider les Sud-Vietnamiens à lutter contre les forces du Nord-Vietnam.

13 février 1973 Le dollar subit une dévaluation de 10 %.

11 septembre 1973 Le président du Chili, Salvador Allende, est renversé et acculé au suicide par les forces armées chiliennes, avec la complicité des États-Unis.

18 septembre 1973 Admission des deux Allemagnes à l'ONU.

6-22 octobre 1973 Les armées égyptienne et syrienne attaquent Israël, en profitant de la moindre vigilance israélienne pendant les fêtes de Yom Kippour. La guerre du Kippour, par son résultat, convainc les Arabes que l'URSS ne peut pas leur permettre de vaincre Israël, car cela passerait par un affrontement avec les États-Unis. Seuls les États-Unis ont la capacité d'imposer quelque chose à l'État juif.

16 octobre 1973 Les pays arabes producteurs de pétrole menacent d'embargo les amis inconditionnels d'Israël, et décident de majorer les prix du pétrole. En décembre, du fait de la hausse décidée par l'OPEP à Téhéran, le prix du pétrole avait quadruplé.

28 novembre 1973 Le sommet arabe d'Alger reconnaît l'OLP comme « le seul représentant légitime du peuple palestinien sur tout territoire palestinien libéré ». La Jordanie attend le sommet de Rabat, l'année suivante, pour approuver cette décision.

Janvier 1974 Le secrétaire à la Défense, James Schlesinger, affirme le droit des pays industriels d'intervenir dans les pays sous-développés dont les décisions économiques présenteraient un danger pour leur croissance.

13 février 1974 Déchu de la citoyenneté soviétique, Soljenitsyne est expulsé d'URSS et part s'installer dans le Vermont, aux États-Unis.

2 avril 1974 Mort de Georges Pompidou.

25 avril 1974 Persuadés que les guerres coloniales en Afrique qui durent depuis vingt-quatre ans sont sans issue, des militaires déclenchent au Portugal la révolution des Œillets et engagent immédiatement un processus de décolonisation.

24 mai 1974 Élection de Valéry Giscard d'Estaing à la présidence de la République.

27 juillet 1974 La Chambre des représentants accepte l'ouverture de la procédure d'*impeachment* contre le président Nixon, dans l'affaire du Watergate.

9 août 1974 Après plus de deux ans de rebondissements, l'affaire du Watergate contraint Richard Nixon à démissionner. Le vice-président Gerald Ford devient président (non élu) et gracie Nixon avant même qu'il n'ait été jugé.

13 novembre 1974 Yasser Arafat est reçu à l'ONU, à l'occasion de l'assemblée générale annuelle. L'OLP, en acceptant le droit à l'existence de l'État d'Israël, reçoit le statut d'observateur.

9 décembre 1974 Les Neuf décident de l'élection du Parlement européen au suffrage universel.

28 février 1975 Première convention de Lomé, qui porte à 46 le nombre des pays ACP (Asie, Caraïbes, Pacifique) bénéficiaires de l'aide de la CEE, depuis la convention de Yaoundé de 1963. Ces accords seront renouvelés et élargis en 1979 (Lomé II), 1984 (Lomé III) et 1990 (Lomé IV).

Ils permettent aux pays ACP, anciennes possessions coloniales, de bénéficier pour leurs produits d'un accès plus facile au marché européen,
ainsi que d'aides financières et économiques.

13 avril 1975 Déclenchement de la guerre civile au Liban.
L'accord de Riyad du 16 octobre 1976, validé
lors du sommet arabe du Caire le 25 octobre,
installe au Liban une « force arabe de dissuasion » majoritairement syrienne. Cette force
n'empêche pas une guerre larvée de perdurer.

17 avril 1975 Les Khmers rouges entrent à Phnom Penh.
Jusqu'en 1978, ils contrôlent et isolent le
Cambodge, où ils organisent le massacre d'une
partie de la population.

30 avril 1975 Les Vietnamiens du Nord entrent à Saigon.
Les derniers Étatsuniens se retirent du Vietnam.
Des Sud-Vietnamiens se battent pour tenter
d'embarquer dans les hélicoptères qui évacuent
les diplomates et experts étatsuniens.

1er août 1975 Signature de l'acte final d'Helsinki, à l'issue
de la tenue de la CSCE. Les droits de l'homme et
les libertés fondamentales, qui constituent la
troisième corbeille, fournissent aux dissidents
soviétiques un redoutable outil de lutte contre
leur régime liberticide.

6-9 octobre 1975 Marche verte de plus de 300 000 Marocains, qui réclament le rattachement du Sahara
occidental au royaume chérifien.

23 octobre 1975 Intervention cubaine en Angola pour le
compte de l'URSS.

20 novembre 1975 À Madrid, mort du Caudillo après un

long acharnement thérapeutique pour raisons politiques.

22 novembre 1975 Juan Carlos est proclamé roi d'Espagne.

2 janvier 1976 Le Département d'État se heurte au refus du Congrès quand il demande des moyens pour combattre les troupes cubaines qui soutiennent le MPLA en Angola. Depuis l'échec au Vietnam, les Étatsuniens sont repris par leur tentation de ne pas trop s'impliquer à l'extérieur et cherchent à contrôler à nouveau plus étroitement la politique étrangère de leur administration.

3-4 janvier 1976 Les accords de la Jamaïque entérinent le recours au flottement des monnaies et mettent un terme aux accords de Bretton Woods. L'or n'est plus qu'une marchandise.

25 avril 1976 Après deux années agitées, le Portugal se dote d'une Constitution qui installe une démocratie parlementaire.

1ᵉʳ juillet 1976 Ayant obtenu la démission du dernier Premier ministre de Franco, Juan Carlos désigne Adolfo Suárez pour diriger le gouvernement.

9 septembre 1976 Mort de Mao Zedong. La démaoïsation était déjà en route de façon rampante depuis 1973, sous l'impulsion de Deng Xiaoping.

2 novembre 1976 Élection de Jimmy Carter, qui affiche clairement sa volonté de conduire une politique plus morale.

5 décembre 1976 Jacques Chirac fonde le RPR.

15 décembre 1976 Un référendum annule toutes les dispositions prévues par Franco pour empêcher l'installation de la démocratie en Espagne.

1976-1983 Une junte militaire gouverne l'Argentine en utilisant largement la violence (enlèvements, torture).

31 janvier 1977 Ouverture du Centre Georges-Pompidou à Paris.

Mars 1977 Nikolaï Podgorny fait un voyage en Afrique noire qui lui permet de visiter divers pays. La même année, Fidel Castro fait un voyage du même type, toujours en Afrique.

13-20 mars 1977 Élections municipales en France. Jacques Chirac est élu maire de Paris contre le candidat de la présidence de la République Michel d'Ornano.

30 juin 1977 Dissolution de l'OTASE. La France et le Pakistan l'avaient déjà quittée du fait de leur désapprobation de la politique étatsunienne au Vietnam.

1er octobre 1977 Déclaration conjointe soviéto-étatsunienne reconnaissant « les droits légitimes du peuple palestinien ».

19-21 novembre 1977 Voyage officiel d'Anouar el-Sadate à Jérusalem, où il prend la parole devant les députés israéliens à la Knesset.

Décembre 1977 Début de la guerre entre le Cambodge, soutenu par la Chine, et le Vietnam, appuyé par l'URSS.

1er février 1978 Création de l'UDF.

26 juillet 1978 Naissance de Louise Brown, premier bébé-éprouvette.

12 août 1978 Signature à Pékin du traité de paix et d'amitié entre la Chine et le Japon.

17 septembre 1978 Les accords de Camp David ouvrent la voie au traité de paix israélo-égyptien, signé le 26 mars 1979 à Washington.

18 octobre 1978 Élection du cardinal Karol Wojtyla, qui devient le pape Jean-Paul II.

6 décembre 1978 Adoption d'une Constitution en Espagne, qui permet la reconnaissance des aspirations autonomistes et leur mise en œuvre. Elle entre en application le 29 décembre.

1979 Second choc pétrolier.

1979 En produisant *Apocalypse Now*, Francis Coppola tente d'aider la société étatsunienne à exorciser la guerre perdue du Vietnam.

28 janvier 1979 Le pape Jean-Paul II, ouvrant la conférence épiscopale latino-américaine à Puebla (Mexique), exprime de très fortes réserves à l'égard de la théologie de la libération.

1er février 1979 Le chah Reza Pahlavi est contraint à l'exil. Retour à Téhéran de l'ayatollah Khomeiny, qui a préparé ce retour depuis son exil dans la banlieue parisienne à Neauphle-le-Château, où il s'était installé le 8 octobre 1978.

8 février 1979 Les États-Unis suspendent leur aide militaire et économique à Somoza.

12-13 mars 1979 Création du SME et de l'ECU.

31 mars 1979 Un référendum approuve, à une majorité écrasante, l'instauration d'une République islamique en Iran.

3 avril 1979 La république populaire de Chine dénonce le traité signé avec l'URSS en 1950.

3 mai 1979 Margaret Thatcher gagne les élections législatives et devient Premier ministre de Grande-Bretagne. Elle veut réduire ce qu'elle considère comme les excès de l'État-providence en réhabilitant le profit et le *self help*. Depuis 1968, elle appelle à l'abandon des thèses de Keynes au profit de celles de Hayek et Friedman.

7-10 juin 1979 Première élection du Parlement européen au suffrage universel.

15 juin 1979 Signature de l'accord Salt II par Brejnev et Carter. Cet accord instaure la parité des arsenaux nucléaires stratégiques des deux pays.

17 juillet 1979 Plus ou moins lâché par les États-Unis, Anastasio Somoza, petit-fils de l'homme imposé par les États-Unis à la tête de la garde nationale du Nicaragua en 1933, abandonne le pouvoir, qui passe aux mains des sandinistes.

27 août 1979 Lord Mountbatten est tué par un attentat de l'IRA. La puissance de frappe de l'organisation et ses liens avec divers mouvements terroristes poussent le gouvernement de Londres à chercher une issue négociée.

3-9 septembre 1979 Castro, qui préside le sommet des non-alignés à La Havane, présente le bloc soviétique comme l'allié naturel des non-alignés. Cette prise de position lui vaut un vif affrontement avec Tito et affaiblit la crédibilité du mouvement.

4 novembre 1979 Les membres de l'ambassade des États-Unis à Téhéran sont pris en otage.

27 décembre 1979 L'Armée rouge entre en Afghanistan. Les États-Unis ripostent, le 4 janvier 1980, en décrétant l'embargo sur les ventes de céréales à l'URSS et, sur place, arment les talibans.

1979 Le gouvernement chinois décide la mise en place d'une politique d'ouverture économique étroitement contrôlée.

1980 Début de la pandémie du SIDA, qui affecte tous les continents.

3 janvier 1980 Le Sénat des États-Unis refuse d'étudier l'accord Salt II.

24 avril 1980 Le président Carter décide de lancer un raid héliporté sur Téhéran pour tenter de libérer les otages étatsuniens. L'opération se solde par un échec qui pèse lourd à l'élection présidentielle en novembre suivant.

4 mai 1980 Mort de Tito.

Juillet 1980 Puissant mouvement de grève en Pologne où, depuis 1976, de multiples acteurs, dans un sursaut intellectuel et moral, s'efforcent de structurer l'opposition de la population au régime. L'Église catholique joue dans cette action clandestine un rôle essentiel et délicat d'organisation et de modération.

19 juillet 1980 Ouverture des jeux Olympiques de Moscou, boycottés par les États-Unis.

30 juillet 1980 Israël décide unilatéralement de faire de Jérusalem réunifiée sa capitale, en dépit de la désapprobation de la communauté internationale.

Août 1980 IBM met sur le marché le premier ordinateur individuel. La firme, qui ne produit pas de logiciel d'exploitation, en confie la responsabilité à Bill Gates. Au lieu de vendre le logiciel à IBM,

Gates demande une redevance de 3 dollars par appareil vendu.

31 août 1980 En Pologne, accords de Gdansk arrachés par Lech Walesa, et création du syndicat Solidarité. En Europe occidentale, de nombreuses personnes en portent le badge en signe de soutien.

20 septembre 1980 L'Irak déclenche une guerre qu'il espère courte et victorieuse contre l'Iran. Ce dernier bénéficie de livraisons d'armes américaines et israéliennes. La révélation de ces trafics déclenche aux États-Unis l'Irangate, dont Reagan admettra la réalité en mars 1987.

1980-2003

CHRONOLOGIE DU

XXe siècle

United States of America are back! On peut résumer ainsi ce que représente l'élection de Ronald Reagan, en 1980. En Europe, et tout particulièrement en France, on a beaucoup moqué Reagan : acteur de séries B, cow-boy, ancien délateur au service de McCarthy. Cet homme se révèle pourtant capable de redonner confiance aux Étatsuniens, en suscitant, une fois encore, l'extraordinaire capacité de réaction de la société étatsunienne, à laquelle il restitue des espaces de liberté pour la laisser développer des initiatives. Après avoir été un modèle et avoir vu le taylorisme s'imposer dans le monde entier, au cours des années 1980, les industriels étatsuniens empruntent au Japon le toyotisme pour redonner un dynamisme aux entreprises. Sans être à lui seul responsable de la fin de l'URSS, Reagan contribue à son épuisement économique en relançant la course aux armements, et sait faire preuve de la plus grande fermeté dans la querelle des euromissiles. Dès lors, une fois l'URSS disparue, les États-Unis se trouvent seule grande puissance et portés à croire que, devenus les maîtres du monde, ils n'ont plus qu'à décider pour que les autres exécutent. Cette puissance cache bien des fragilités, et l'on pourrait dire que sa plus solide base tient à ce que, faute d'être sûr de maîtriser les mécanismes que pourrait déclencher sa chute, nul n'a intérêt à ce que le système s'effondre. Mais déjà, le compétiteur chinois, peut-être indien, se prépare. Quant aux Alliés, la France la première, ils aspirent à un monde multipolaire et non pas à un monde dominé par la toute-puissance étatsunienne. Mais n'est pas De Gaulle qui veut et, s'il y a des voix critiques que l'on se sent obligé de tolérer, d'autres sont rapidement insupportables. Seule une Europe puissante, parce qu'elle aurait une taille comparable à celle des États-Unis, serait en mesure de réellement contribuer à la construction de ce monde multipolaire.

4 novembre 1980 Élection de Ronald Reagan à la présidence des États-Unis. Comme Margaret Thatcher, il veut tourner la page du *Welfare State* et alléger les réglementations économiques. Il veut que les Étatsuniens retrouvent confiance en eux et dans la « destinée manifeste » de leur pays, et qu'ils se montrent plus offensifs face au bloc communiste.

8 décembre 1980 John Lennon, le fondateur des Beatles, est assassiné, à 40 ans, à New York, par Mark Chapman.

1er janvier 1981 Entrée de la Grèce dans la CEE.

23 février 1981 Tentative de putsch à Madrid du lieutenant-colonel Tejero. Le roi fait barrage à la tentative de subversion, ce qui accroît considérablement sa popularité, ainsi que son autorité morale.

10 mai 1981 François Mitterrand est élu président de la République française. L'entrée de ministres communistes au gouvernement inquiète les États-Unis.

13 mai 1981 Attentat contre le pape Jean-Paul II à Rome. On suspecte immédiatement les services spéciaux soviétiques, ou d'autres services qui leur sont liés.

19-28 mai 1981 Le scandale de la Loge P2, lié à la gestion des finances du Vatican, ébranle la vie politique italienne et plus particulièrement la Démocratie chrétienne.

Juin 1981 Le gouvernement de Pierre Mauroy compte dans ses rangs un ministre des Droits de la femme. En 1974, la nouveauté s'était limitée à un secrétariat d'État à la Condition féminine.

6 octobre 1981 Assassinat du président Anouar el-Sadate au cours d'un défilé militaire. Hosni Moubarak lui succède.

31 octobre 1981 À défaut d'entrer dans la CEE, l'Espagne entre dans l'OTAN. En mars 1986, par référendum, les Espagnols confirment cette adhésion.

13 décembre 1981 Le général Jaruzelski proclame l'état de guerre en Pologne. Ce régime, accompagné de nombreuses arrestations, dure jusqu'au 22 juillet 1983, sans permettre au régime communiste de reprendre le contrôle de la situation.

2 avril-18 juin 1982 Pour masquer leur échec économique, les militaires argentins attaquent l'archipel des Malouines. La Grande-Bretagne riposte vigoureusement et, profitant de la victoire militaire, Margaret Thatcher s'octroie une brillante victoire électorale lors d'élections législatives anticipées.

24 mai 1982 Fin des négociations, qui avaient débuté en 1980, sur la contribution britannique au budget européen. Margaret Thatcher, qui avait clamé « *I want my money back !* », a enfin satisfaction.

6 juin 1982 Israël envahit le Liban et ses troupes entrent à Beyrouth dans l'espoir d'en finir avec l'OLP et la Syrie. Les États-Unis imposent un cessez-le-feu et l'évacuation de l'OLP sous protection d'une force multinationale. Ariel Sharon laisse ses alliés chrétiens se livrer au massacre de près de 1 000 vieillards, femmes et enfants, dans les camps de réfugiés palestiniens de Sabra et Chatila dans la nuit du 16 au 17 septembre. Ces événements relancent la guerre civile au Liban. L'accord de Taëf, le 22 octobre 1989, met un terme à la guerre, mais le maintien de l'armée syrienne et de l'occupation israélienne au sud empêchent un vrai retour de la paix.

10 novembre 1982 Mort de Brejnev, qui est remplacé par Iouri Andropov.

1983 Le *Washington Post* révèle l'existence du rapport de Novossibirsk, qui fait une analyse lucide des problèmes économiques de l'URSS et propose, en économie, un retour aux lois du marché.

1983 L'équipe du professeur Luc Montagnier, à l'Institut Pasteur de Paris, découvre le VIH. Une équipe étatsunienne revendique l'antériorité de la découverte dans une compétition exacerbée par les enjeux financiers.

23 mai 1983 Le président Reagan annonce son intention de lancer l'IDS, que les médias rebaptisent la « guerre des étoiles ». Outre le désir de doter les États-Unis d'un système de missiles antimissiles, le président cherche à imposer à l'URSS une course aux armements, financièrement insoutenable pour l'URSS.

Octobre 1983 Manifestations pacifistes en RFA, Espagne, Italie, Pays-Bas, Belgique et Grande-Bretagne contre le déploiement des missiles Pershing II en Europe, pour riposter contre celui des missiles SS20 soviétiques. Dans un discours au Bundestag, François Mitterrand appuie la volonté du chancelier Kohl de voir implanter les Pershing, en rappelant que « les pacifistes sont à l'Ouest, mais les missiles sont à l'Est ».

25 octobre-11 décembre 1983 Ronald Reagan envoie les *marines* à Grenade pour faire échouer un coup d'État que les États-Unis qualifient de procastriste.

1984 L'URSS boycotte les jeux Olympiques de Los Angeles.

13 février 1984 Mort d'Andropov, qui est remplacé par Konstantin Tchernenko.

Mars 1984-mars 1985 Les mineurs britanniques sont contraints de céder devant le gouvernement de Margaret Thatcher, après une grève d'un an. En trois temps, 1980, 1982 et 1984, la « Dame de fer » a sérieusement affaibli le pouvoir syndical en Grande-Bretagne.

26 septembre 1984 Margaret Thatcher conclut un accord avec Pékin pour le retour de Hongkong à la Chine en 1997.

19 octobre 1984 En Pologne, assassinat du père Popieluszko.

30 novembre 1984 Graves troubles en Nouvelle-Calédonie à l'occasion des élections destinées à mettre en œuvre la réforme contenue dans les accords de Nainville-les-Roches, qui accordent une large autonomie à la Nouvelle-Calédonie.

Bien que les ayant signés, les indépendantistes kanaks font volte-face et ouvrent une crise violente.

26 janvier-5 février 1985 À l'occasion de son voyage en Amérique du Sud, le pape Jean-Paul II condamne la théologie de la libération.

11 mars 1985 Mikhaïl Gorbatchev devient secrétaire général du PCUS, après la mort de Tchernenko. En juillet, il appelle à ses côtés, comme ministre des Affaires étrangères, Edouard Chevardnadze.

23 avril 1985 Le Congrès refuse au président Reagan les crédits qu'il demande pour aider la guérilla anti-sandiniste. Depuis son élection, Ronald Reagan pratique, contre le Nicaragua, une guerre de « basse intensité », visant à abattre le régime sandiniste sans intervention militaire directe.

1er mai 1985 Ronald Reagan décrète un embargo total contre le Nicaragua pour tenter d'abattre le pouvoir sandiniste, contre lequel il fournit, en juin, des armes aux *contras*, aidés par l'URSS.

19-21 novembre 1985 Sommet Gorbatchev-Reagan à Genève.

1er janvier 1986 Entrée de l'Espagne et du Portugal dans la CEE.

17 février 1986 Signature de l'Acte unique européen par les 12 pays membres, qui s'engagent à harmoniser leurs législations dans les six ans.

15 avril 1986 Bombardement étatsunien de Tripoli après un attentat antiétatsunien à Berlin, dix jours plus tôt, pour lequel la Libye était suspectée.

26 avril 1986 Perte de contrôle d'un réacteur de la centrale nucléaire de Tchernobyl.

25 novembre 1986 Début de l'Irangate, avec la création d'une commission d'enquête sur les liens entre les ventes d'armes à l'Iran et le financement des *contras* au Nicaragua par l'administration Reagan.

1986 La nomination du juge à la Cour suprême William Rehnquist comme *chief justice* marque un infléchissement conservateur de la Cour, qui s'inscrit dans les réformes de Ronald Reagan.

11 mai-4 juillet 1987 Procès de Klaus Barbie à Lyon. Il est condamné à la réclusion perpétuelle pour crimes contre l'humanité.

7 novembre 1987 Le « combattant suprême », Habib Bourguiba, est destitué pour raison de santé et remplacé par le Premier ministre tunisien, Ben Ali.

8 décembre 1987 Traité de Washington sur l'élimination des euromissiles, ou missiles à moyenne portée.

9 décembre 1987 Début de la première Intifada. Ce mouvement, associant grèves et révolte populaire non armée, a pour objectif la reconnaissance de la souveraineté palestinienne sur la Cisjordanie et Gaza.

1er avril 1988 Cessez-le-feu au Nicaragua.

8 mai 1988 François Mitterrand est élu pour un second mandat présidentiel en pleine crise néocalédonienne avec prise en otage de gendarmes à Ouvéa.

25 mai 1988 Retrait des troupes vietnamiennes du Cambodge.

26 juin 1988 Signature des accords de Matignon par Jean-Marie Tjibaou et Jacques Lafleur.

1er juillet 1988 Une réforme constitutionnelle en URSS autorise les candidatures multiples aux élections.

8 août 1988 Cessez-le-feu en Angola.

20 août 1988 Fin de la guerre entre Irak et Iran. Longue et âpre, la guerre n'a rien résolu des différends entre les deux pays. La dernière année est marquée par une internationalisation de la guerre, les États-Unis s'étant engagés à garantir la sécurité de la flotte pétrolière du Koweït passée sous pavillon étatsunien.

8 novembre 1988 Élection de George Bush senior à la présidence des États-Unis.

7 janvier 1989 Mort de Showa tenno, empereur du Japon depuis 1926. Akihito succède à son père.

9 février 1989 Le POUP renonce au monopole du pouvoir en Pologne.

11 février 1989 Le PC hongrois accepte l'introduction du multipartisme.

12 février 1989 Salman Rushdie est frappé d'une *fatwa* qui le condamne à mort pour avoir écrit *Les Versets sataniques*.

15 février 1989 Les troupes soviétiques achèvent leur retrait d'Afghanistan commencé le 15 mai de l'année précédente.

26 mars 1989 Élections libres en URSS.

4 mai 1989 Assassinats – toujours non élucidés – de Jean-Marie Tjibaou et Yeweine Yeweine à Ouvéa

(Nouvelle-Calédonie). Leur assassin, Wéa Djubelly, est immédiatement abattu.

4 mai-28 juin 1989 Manifestations étudiantes réclamant la démocratie à Pékin, place Tiananmen. Elles sont sévèrement réprimées, après un mois d'occupation de la place, par le gouvernement, qui décrète la loi martiale et fait usage de blindés. Cette vigoureuse réaction entraîne des sanctions économiques contre la Chine de la part des pays occidentaux.

16 mai 1989 La presse étatsunienne fait état d'une lettre de Mikhaïl Gorbatchev à George Bush annonçant la fin des livraisons soviétiques d'armes aux *contras* du Nicaragua.

3 juin 1989 Mort de l'ayatollah Khomeiny.

18 juin 1989 Le POUP est écrasé lors des élections législatives polonaises.

Juillet 1989 Une pétition demandant la démocratisation circule en Tchécoslovaquie.

10 septembre 1989 Le gouvernement hongrois autorise les ressortissants de RDA se trouvant sur son territoire à gagner le pays de leur choix.

9 novembre 1989 Ouverture du mur de Berlin. Les Berlinois de l'Est, qui depuis quelques jours multipliaient les manifestations en criant « Nous sommes *le* peuple », changent de slogan pour affirmer « Nous sommes *un* peuple. »

19 novembre 1989 Vaclav Havel fonde le Forum civique en Tchécoslovaquie.

29 novembre 1989 Le PC tchécoslovaque perd son rôle dirigeant.

16 décembre 1989 Affrontements violents à Timisoara, en Roumanie.

19-20 décembre 1989 Sommet interallemand.

25 décembre 1989 Nicolas Ceausescu et son épouse sont exécutés après une parodie de procès.

Fin 1989 Création de l'APEC. Les États-Unis s'efforcent de faciliter sa création contre un projet concurrent mais excluant les pays anglo-saxons, donc eux-mêmes, et risquant de donner au Japon la possibilité de devenir leader d'un bloc Asie-Pacifique.

1990 Promulgation d'une loi sur l'immigration, qui ouvre le territoire étatsunien à près d'un million de personnes par an pour maintenir la puissance démographique du pays et satisfaire ses besoins de main-d'œuvre. Les candidats à l'entrée aux États-Unis sont cependant beaucoup plus nombreux, et le nombre d'entrées clandestines élevé.

15 janvier 1990 Le rôle dirigeant du PC bulgare n'est plus garanti par la Constitution.

20 janvier 1990 Réunion du XIVᵉ congrès de la Ligue communiste de Yougoslavie, qui éclate du fait des antagonismes nationaux qui se sont exacerbés depuis la mort de Tito. Les aspirations nationales antagonistes avaient toujours été le talon d'Achille de la construction yougoslave, et la poigne de fer du régime titiste n'avait réussi qu'à les camoufler. La prétention de Slobodan Milosevic à imposer la prééminence du nationalisme serbe n'apaise pas les esprits.

23 janvier 1990 Hongrie et URSS se mettent d'accord pour un retrait des troupes soviétiques de Hongrie.

11 février 1990 Libération, en Afrique du Sud, de Nelson Mandela, incarcéré depuis le 12 juin 1964 en raison de sa lutte contre l'Apartheid.

27 février 1990 L'URSS accepte de retirer ses troupes de Tchécoslovaquie.

Mars-avril 1990 Élections libres en Hongrie.

5 mai 1990 Ouverture des négociations sur la réunification de l'Allemagne entre les représentants des deux États allemands et des quatre vainqueurs de la Seconde Guerre mondiale.

Juin 1990 L'arrêt *US vs. Eichman* de la Cour suprême des États-Unis déclare qu'il n'est pas inconstitutionnel de brûler le drapeau étatsunien.

20 juin 1990 Sommet franco-africain de La Baule. François Mitterrand annonce que dorénavant, l'aide aux pays africains dépendra des efforts consentis pour respecter la démocratie.

21 juin 1990 Ratification en Allemagne du traité d'unification.

16 juillet 1990 L'URSS accepte que l'Allemagne réunifiée soit membre de l'OTAN.

1er-2 août 1990 L'Irak envahit nuitamment le Koweït en quelques heures et l'annexe le 8 août.

3 août 1990 États-Unis et URSS condamnent l'invasion irakienne au Koweït.

3 octobre 1990 Réunification de l'Allemagne, à laquelle les Alliés restituent sa souveraineté en exigeant la reconnaissance de la frontière germano-polo-naise issue de la Seconde Guerre mondiale.

14 novembre 1990 Traité germano-polonais faisant de la ligne Oder-Neisse la frontière entre les deux pays.

19-21 novembre 1990 Deuxième réunion de la CSCE à Paris.

22 novembre 1990 Devant l'amplification des protestations contre la Poll Tax, Margaret Thatcher choisit de démissionner.

3-8 décembre 1990 George Bush visite cinq pays d'Amérique du Sud et propose un nouveau partenariat basé sur « la démocratie et le libre-échange ». Les spécialistes voient dans l'intérêt parallèle manifesté pour l'Afrique un lien avec l'attrait des États-Unis pour le pétrole africain.

17 janvier-3 mars 1991 Les États-Unis, mandatés par l'ONU pour diriger la coalition occidentale et arabe chargée de libérer le Koweït de l'occupation irakienne, conduisent l'opération Tempête du désert. En France, le ministre de la Défense, Jean-Pierre Chevènement, qui refuse cette « logique de guerre », démissionne. Le régime de Saddam Hussein survit à sa défaite, mais la souveraineté de l'Irak est fortement diminuée et les conditions de vie de la population deviennent très dures.

3 février 1991 Lors de son congrès, à Rimini, le PCI devient le PDS.

26 mars 1991 Argentine, Brésil, Uruguay et Paraguay créent le MERCOSUR, dont la mise en application est fixée au 1er janvier 1995.

Juin 1991 Fin du CAEM.

20 juin 1991 Berlin redevient la capitale de l'Allemagne. Le gouvernement n'y reviendra qu'en 1999.

25 juin 1991 La Croatie et la Slovénie proclament unilatéralement leur indépendance, faisant disparaître *de facto* la fédération yougoslave. L'Allemagne, sans concertation avec les autres membres de la Communauté européenne, s'empresse de reconnaître les deux nouveaux États le 23 décembre 1991. Le Vatican fait rapidement de même. Après de brefs combats, Belgrade se résigne et retire l'armée yougoslave de Slovénie.

30 juin 1991 Abolition des lois organisant l'Apartheid en Afrique du Sud.

1er juillet 1991 Dissolution du pacte de Varsovie.

31 juillet 1991 Traité Start de désarmement nucléaire.

19-21 août 1991 Tentative de putsch contre Gorbatchev. À Moscou, Boris Eltsine apparaît comme l'âme de la résistance à ce coup de force alors que son discours maximaliste depuis l'été 1990 a gêné l'action réformatrice de Gorbatchev et contribué à accroître le nombre des adversaires de ce dernier.

Août 1991 La Serbie tente de contraindre la Croatie à rester dans la Yougoslavie et déclenche les hostilités. La guerre gagne la Bosnie au printemps 1992. Malgré la présence de forces de l'ONU, les combats font rage et révèlent la profondeur des antagonismes nationaux.

25 août 1991 Ukraine et Biélorussie se déclarent indépendantes.

6 septembre 1991 L'URSS reconnaît l'indépendance des États baltes.

23 octobre 1991 Les accords de Paris ramènent une paix fragile au Cambodge.

8 décembre 1991 La fédération de Russie, la Biélorussie et l'Ukraine fondent la CEI, rejointe le 21 décembre par huit autres républiques.

25 décembre 1991 Démission de Gorbatchev.

26 décembre 1991 Dissolution de l'URSS créée le 30 décembre 1922. La Russie, État souverain au sens du droit international, est reconnue comme l'État continuateur de l'URSS.

2 janvier 1992 Introduction des principes de l'économie de marché en Russie, sous l'autorité du Premier ministre Egor Gaïdar.

12 janvier 1992 La victoire électorale quasi certaine du FIS entraîne l'interruption du processus électoral en Algérie. De violentes manifestations s'ensuivent.

7 février 1992 Signature du traité de Maastricht, conclu le 10 décembre 1991, qui institue l'Union européenne.

1992 Une révision constitutionnelle autorise l'engagement à l'étranger des forces armées japonaises dans le cadre de missions défensives ou humanitaires.

1992 L'ANSEA ajoute à ses objectifs initiaux celui du désarmement douanier entre pays membres.

1er mars 1992 Le roi d'Arabie saoudite promulgue trois « statuts » qui constituent une sorte de Constitution du royaume.

Début avril 1992 Début des combats interethniques en Bosnie-Herzégovine.

16 avril 1992 En Afghanistan, fin du régime communiste installé le 27 avril 1978 après la démission du président Najibullah. Les factions s'affrontent pour le contrôle de Kaboul.

27 avril 1992 Les républiques issues de l'ex-URSS, dont la Russie, sont admises au FMI et à la Banque mondiale.

3-14 juin 1992 Rio de Janeiro reçoit la conférence des Nations unies sur l'environnement et le développement, ou sommet de la Terre. Divers documents sont adoptés par les 178 pays représentés, la plupart au plus haut niveau.

Juin 1992 Signature de l'acte de création de l'ALENA.

28 juin 1992 Visite de quelques heures de François Mitterrand à Sarajevo, où l'on se bat. La vieille amitié franco-serbe héritée du XIXᵉ siècle ne peut pas tout permettre.

Juin 1992-juin 1999 Déchaînement de la violence en Algérie, sans que l'on puisse clairement identifier les assassins.

20 septembre 1992 Le traité de Maastricht est approuvé par référendum en France après une campagne intense, dans laquelle le président Mitterrand s'est fortement impliqué malgré son état de santé. Les électeurs danois le rejettent.

3 novembre 1992 Élection de Bill Clinton à la présidence des États-Unis.

1992 Francis Fukuyama publie *La Fin de l'histoire et le dernier homme*. Selon ce professeur de l'université de Harvard, la fin de la guerre froide signifie la victoire définitive de la démocratie et du libéralisme économique. Il suffit d'attendre l'élévation du niveau de vie des Chinois et des Russes pour que l'américanisation du monde soit achevée.

7 février 1993 Obsèques de Houphouët-Boigny à Yamoussoukro, capitale de la Côte d'Ivoire. Dans la basilique Notre-Dame-de-la-Paix sont présents : François Mitterrand accompagné de tous les Premiers ministres vivants de la Ve République, les présidents de l'Assemblée nationale et du Sénat, Valéry Giscard d'Estaing, Jacques Chirac et Jacques Foccart.

22 février 1993 Création par l'ONU d'un Tribunal pénal international pour l'ex-Yougoslavie. Il doit juger les crimes de guerre commis dans l'ex-Yougoslavie après juin 1991.

26 février 1993 Attentat contre le World Trade Center à New York qui fait 6 victimes.

28 mars 1993 Défaite socialiste aux élections législatives. Deuxième cohabitation, avec Édouard Balladur à Matignon.

21 avril 1993 Par référendum, les Brésiliens expriment leur choix d'une république de type présidentiel.

9-10 septembre 1993 Israël et l'OLP se reconnaissent mutuellement.

9-28 septembre 1993 En Somalie, les forces étatsuniennes subissent des pertes, lors d'une opération retransmise en direct par la télévision. Devant la réaction de l'opinion, le président Clinton met un terme aux opérations et ordonne le départ des unités engagées.

13 septembre 1993 Signature, à Washington, de la Déclaration de principes sur les dispositions intérimaires d'autogouvernement concernant les Palestiniens des territoires occupés par Israël, et que l'on désigne plus souvent par l'appellation « accords d'Oslo ». À cette occasion, le Premier ministre israélien, Yitzhak Rabin, et le chef de l'OLP, Yasser Arafat, se serrent la main en présence du président Clinton. Arafat et Rabin obtiennent le Nobel de la paix l'année suivante.

Septembre-octobre 1993 Boris Eltsine, en conflit avec le Congrès des députés du peuple, le fait disperser par la force et fait adopter une nouvelle Constitution. Celle-ci lui donne des pouvoirs considérables et ruine les efforts de Gorbatchev pour équilibrer les pouvoirs en Russie.

1994-1996 Première guerre de Tchétchénie. Cette guerre coïncide avec le début de la restriction de la liberté de la presse qui avait accompagné la perestroïka.

1er janvier 1994 Entrée en vigueur de l'ALENA, signé le 12 août 1992 et qui associe Canada, États-Unis et Mexique.

10 janvier 1994 Les membres de l'Alliance atlantique acceptent d'associer les pays de l'ex-bloc soviétique aux exercices militaires de l'OTAN et à des missions de maintien de la paix en contrepartie de leur adhésion aux valeurs démocratiques.

11 janvier 1994 Le franc CFA est dévalué de 50 %. Les dirigeants africains y voient le signe d'un désengagement possible de la France.

3 février 1994 Les États-Unis lèvent les sanctions imposées au Vietnam depuis 1975.

Mars 1994 Béatification du fondateur de l'Opus Dei.

Mars 1994 Les États-Unis interviennent en Bosnie et arment en sous-main la Croatie.

15 avril 1994 Au terme du huitième cycle de négociations commerciales multilatérales, que l'on nomme l'Uruguay Round (1986-1993) et qui est signé à Marrakech, le GATT cède la place à l'OMC, qui doit, entre autres missions, régler les contentieux commerciaux en empêchant les mesures unilatérales de rétorsion commerciale. Elle réalise, avec trente-six ans de retard, ce que devait organiser la charte de La Havane de mars 1948.

6 mai 1994 Inauguration du tunnel sous la Manche par la reine Élisabeth II et François Mitterrand.

9 mai 1994 Nelson Mandela est élu président de la République en Afrique du Sud.

23 juin 1994 L'Afrique du Sud est réadmise à l'ONU, qui lève toutes les sanctions qui la frappaient.

Juillet 1994 Lors du sommet de Naples, l'admission de la Russie transforme le G7 en G8.

12 juillet 1994 La Cour constitutionnelle de Karlsruhe autorise la participation de troupes allemandes aux opérations de l'ONU et de l'OTAN, sous réserve de l'accord du Bundestag.

21 juillet 1994 Retour de Soljenitsyne en Russie. Encensé quand il combattait le régime communiste, il n'intéresse plus autant les intellectuels occidentaux depuis qu'il a dénoncé *L'Erreur de l'Occident* (1980) et affiché son attachement aux valeurs traditionnelles russes et à l'Église orthodoxe.

8 septembre 1994 Départ des dernières troupes étrangères de Berlin.

26 octobre 1994 Traité de paix entre Israël et la Jordanie.

24 décembre 1994 Un Airbus d'Air France est pris en otage avec ses passagers, à Alger. Le GIGN réussit à en prendre le contrôle à Marseille, où il a été autorisé à se poser. Les terroristes auraient eu le projet de le faire s'écraser contre la tour Eiffel.

1er janvier 1995 Entrée de l'Autriche, de la Finlande et de la Suède dans l'Union européenne.

1er janvier 1995 Entrée en vigueur du MERCOSUR.

29 avril 1995 Congrès extraordinaire du Labour Party, qui modifie ses statuts. La nationalisation des moyens de production et d'échange n'est plus l'objectif suprême des travaillistes.

7 mai 1995 Élection de Jacques Chirac à la présidence de la République française. L'annonce de la reprise des essais nucléaires en Polynésie déclenche une campagne contre la France dans divers pays et tout particulièrement en Australie et en Nouvelle-Zélande.

17 mai 1995 Les États-Unis opposent leur veto, à l'ONU, à une résolution destinée à empêcher les expropriations de Palestiniens par Israël, à Jérusalem-Est.

16 juillet 1995 Lors d'un discours pour l'anniversaire de la Rafle du Vel'd'hiv', Jacques Chirac reconnaît la responsabilité de l'État dans la persécution des Juifs sous le régime de Vichy.

25 juillet 1995 Attentat à la station Saint-Michel du RER à Paris.

5-6 août 1995 La visite, au Vietnam, du secrétaire d'État étatsunien marque le rétablissement des relations diplomatiques entre les deux pays.

4 novembre 1995 Yitzhak Rabin est assassiné à Tel-Aviv par un Juif fanatique, Yigal Amir, à l'issue d'une manifestation en faveur de la paix.

21 novembre 1995 Accords de Dayton, signés à Paris le 14 décembre, par les présidents bosniaque, croate et serbe après les violents affrontements en Bosnie, consécutifs à l'éclatement de la Yougoslavie. La Croatie retrouve son intégrité territoriale, et la Bosnie reste une fragile construction associant une République serbe et une Fédération croato-musulmane. Une force multinationale de 60 000 hommes doit veiller à l'application de l'accord.

24 novembre-mi-décembre 1995 La réforme sociale annoncée par Alain Juppé déclenche un mouvement de grève qui oblige le gouvernement à retirer son projet.

4 décembre 1995 Le VIᵉ sommet de la Francophonie décide de doter l'organisation d'un secrétariat général.

5 décembre 1995 La France revient siéger au comité militaire de l'OTAN.

28 décembre 1995 Alors que l'on fête le centenaire de la première projection cinématographique, le cinéma connaît un nouveau tournant avec les effets spéciaux rendus possibles par l'évolution technique. Cette industrie cinématographique a une importance économique croissante avec la multiplication des supports et celle des produits dérivés. Le cinéma d'auteur subsiste à côté de ces productions à grand spectacle et l'Occident découvre de plus en plus les productions cinématographiques des autres continents.

29 janvier 1996 Jacques Chirac annonce la fin des essais nucléaires français dans le Pacifique.

22 février 1996 Jacques Chirac annonce la professionnalisation de l'armée française et la suspension de la conscription.

15 avril 1996 Déclaration nippo-étatsunienne sur la sécurité. Cette déclaration est suivie d'un accord entre les États-Unis et le Japon qui fait de celui-ci un allié et non plus simplement un protégé des États-Unis.

24 avril 1996 Le Conseil national palestinien retire de sa charte tous les articles mettant en cause le droit à l'existence de l'État d'Israël.

30 mai 1996 Les sept moines trappistes enlevés au monastère de Tibéhirine, en Algérie, le 27 mars, sont retrouvés assassinés.

22 août 1996 Bill Clinton promulgue une loi d'origine républicaine, qui réforme le système d'aide aux Étatsuniens les plus démunis, mis en place dans le cadre du New Deal, sous F. D. Roosevelt. On en attend 55 milliards d'économie sur six ans pour le budget.

23 août 1996 Croatie et Yougoslavie établissent des relations diplomatiques en se reconnaissant mutuellement.

25 septembre 1996 Les talibans s'emparent de Kaboul et installent un régime islamique.

1996 Samuel Huntington publie *Le Choc des civilisations et la refonte de l'ordre mondial*. Contrairement à Fukuyama, Huntington ne croit pas à la fin de l'histoire. La globalisation, en affaiblissant l'État-nation, pousse les hommes à renforcer leur appartenance à une aire de civilisation. À ses yeux, rien ne garantit que le dialogue des civilisations soit obligatoirement destiné à être un dialogue pacifique.

21 janvier 1997 Déclaration commune germano-tchéco-slovaque sur le contentieux des Sudètes.

19 février 1997 Mort de Deng Xiaoping.

11-18 mars 1997 En voyage officiel en Amérique latine, Jacques Chirac défend l'idée d'un monde multipolaire.

1er mai 1997 Victoire du Labour Party aux élections législatives. Tony Blair devient Premier ministre.

Mai-juin 1997 Après la dissolution de l'Assemblée nationale, conseillée à Jacques Chirac par Dominique de Villepin, le PS gagne les élections et s'installe une nouvelle cohabitation.

1er juillet 1997 Hongkong est restitué à la Chine qui s'est engagée à y respecter la démocratie.

11 décembre 1997 Signature du protocole de Kyoto par lequel les pays industrialisés s'engagent à réduire les rejets de gaz à effet de serre.

1998 Pendant le Tour de France, l'affaire Festina révèle que le dopage dans le cyclisme est un mal que diverses mesures répressives n'ont pas enrayé. Pratique quasi immémoriale, le dopage est stimulé par les enjeux financiers de l'activité sportive.

4 février 1998 La coopération entre la France et ses anciennes colonies d'Afrique ne relève plus d'une organisation spécifique à la discrétion de la présidence de la République, mais des services du Quai d'Orsay.

28 février 1998 Affrontements entre Serbes et Albanais au Kosovo.

5 mai 1998 Les accords de Nouméa repoussent *sine die* la consultation sur l'indépendance de la Nouvelle-Calédonie.

18 mai 1998 Le département de la Justice des États-Unis attaque le fabricant de logiciels Microsoft pour atteinte à la loi antitrust.

14 juillet 1998 Les talibans limitent l'action des ONG en leur imposant de fortes contraintes ou en leur enjoignant de quitter le pays.

Août 1998 Grave crise financière en Russie, qui n'a toujours pas résolu les problèmes découlant de la fin de l'URSS.

7 août 1998 Attentats meurtriers, à l'aide de voitures piégées, contre les ambassades des États-Unis à Nairobi et Dar es-Salam. Ces attentats, revendiqués par l'Armée islamique pour la libération des lieux saints musulmans, entraînent une riposte militaire étatsunienne en Afghanistan.

29 octobre 1998 Monseigneur Desmond Tutu remet les conclusions de la commission Vérité et Réconciliation, chargée d'enquêter sur les violations des droits de l'homme pendant le régime d'Apartheid.

16 novembre 1998 Quatre fabricants de cigarettes concluent un accord avec 38 États des États-Unis : contre l'arrêt des poursuites judiciaires, les entreprises verseront 206 milliards de dollars en vingt-cinq ans pour financer des actions de prévention du tabagisme.

6 février-19 mars 1999 Réunion à Paris sur le Kosovo. La mauvaise volonté des Serbes conduit à l'intervention des forces de l'OTAN. En juin, Belgrade accepte de cesser le combat et, le 2 juillet, l'ONU désigne Bernard Kouchner pour diriger la mission de l'ONU pour le Kosovo, chargée de réorganiser l'administration et la reconstruction du pays.

12 février 1999 Le Sénat étatsunien acquitte le président Clinton dans la procédure de destitution engagée contre lui à la suite de son aventure avec Monica Lewinsky, révélée par la presse le 21 janvier 1998.

12 mars 1999 Hongrie, Pologne et République tchèque sont admises dans l'OTAN.

28-29 juin 1999 Un sommet de 49 chefs d'État et de gouvernement d'Amérique latine, des Caraïbes et d'Europe se tient à Rio de Janeiro pour réfléchir au développement des relations entre pays des deux rives de l'Atlantique. L'idée de ce sommet avait été lancée à Brasilia au printemps 1997 par Jacques Chirac, très attaché à l'instauration d'un monde multipolaire.

12 juillet 1999 L'OMC autorise le Canada et les États-Unis à sanctionner l'Union européenne, qui refuse les importations de bœuf aux hormones. À la fin du mois, certains produits, comme le roquefort, sont frappés de droits de douane de 100 %. En représailles, des militants français démontent un restaurant McDonald's à Millau.

16 septembre 1999 Le président Abdelaziz Bouteflika fait approuver la loi sur la concorde civile en offrant aux islamistes « pris dans la tourmente du terrorisme de reprendre leur place dans la société ». Près de quarante ans après son indépendance, l'Algérie est encore en quête de la stabilité politique et de l'harmonie sociale.

30 septembre 1999 Reprise de la guerre en Tchétchénie.

31 décembre 1999 Boris Eltsine, dans une allocution télévisée, demande pardon au peuple russe pour ses fautes et ses erreurs et annonce sa démission. Vladimir Poutine devient président par intérim avant d'être confirmé par élection le 26 mars 2000.

24 mai 2000 Israël décide unilatéralement d'évacuer le Sud-Liban après vingt-deux ans d'occupation.

14-17 juin 2000 Le président Bouteflika est en visite officielle en France. L'idée d'un traité d'amitié entre les deux pays est lancée. Elle se heurte aux séquelles d'une colonisation et d'une décolonisation violentes et dont le souvenir est particulièrement douloureux, des deux côtés.

17 juillet 2000 Création en Allemagne d'une fondation dotée de 10 milliards de deutsche Mark, fournis à parité par l'État et les entreprises, pour l'indemnisation des travailleurs forcés sous le IIIe Reich.

27 juillet 2000 Les talibans interdisent la culture du pavot en Afghanistan. Bien que se réclamant de plus en plus du libéralisme économique, les pays développés, s'agissant de la drogue, ont souvent tendance à oublier que cette offre est soutenue par leur propre demande.

28 septembre 2000 La seconde Intifada débute à Jérusalem, après une visite provocatrice d'Ariel Sharon sur l'esplanade des mosquées.

Novembre 2000 Élection à la présidence des États-Unis. Les résultats sont si serrés qu'il est impossible de déclarer immédiatement qui a gagné l'élection. C'est finalement la Cour suprême qui décide, par cinq voix contre quatre, de donner la victoire à G. W. Bush.

2 mars 2001 Les talibans détruisent à Bamiyan des statues géantes de Bouddha datant de quinze siècles.

28 mars 2001 Le président des États-Unis refuse de faire ratifier le protocole de Kyoto signé par l'administration Clinton. Pour G. W. Bush, le mode de vie des États-Unis, très gros consommateurs d'énergie, ne peut pas être soumis à des décisions prises par des pays étrangers.

4-5 avril 2001 Ahmad Shah Massoud, chef de l'Alliance du Nord, est invité par le Parlement européen et reçu à Strasbourg et à Paris.

9 septembre 2001 Ahmad Shah Massoud est tué dans un attentat-suicide perpétré par deux faux journalistes qu'il recevait.

11 septembre 2001 Quatre avions de ligne sont détournés et utilisés comme armes contre les Twin Towers de Manhattan et le Pentagone. Le quatrième avion, probablement destiné à frapper la Maison-Blanche, n'atteint pas sa cible. Le lendemain, l'Alliance atlantique décide d'utiliser le mécanisme de solidarité militaire prévue par l'article 5 de sa charte. Le 13, le secrétaire d'État étatsunien désigne Oussama Ben Laden et son organisation, Al-Qaïda, comme responsables de l'attentat. Les Étatsuniens sont très choqués par cette attaque sur leur territoire national.

25 septembre 2001 Près de quarante ans après les avoir abandonnés au terme de la guerre d'Algérie, la France organise une journée d'hommage national aux harkis.

7 octobre 2001 Premières frappes militaires étatsuniennes et britanniques sur l'Afghanistan.

20 mars 2003 Malgré l'opposition de la communauté internationale, le président G. W. Bush attaque unilatéralement l'Irak, avec l'aide du Royaume-Uni et de quelques autres alliés, en avançant des justifications douteuses.

CONCLUSION

Nous emprunterons la conclusion à Robert Bowman, qui, en octobre 1998, adressa ce texte au président Clinton, après les attentats antiétatsuniens du mois d'août à Nairobi et Dar es Salam[1] :

Dites la vérité au peuple, Monsieur le Président, au sujet du terrorisme. Si les illusions au sujet du terrorisme ne sont pas dissipées, alors la menace continuera jusqu'à notre destruction complète. La vérité est qu'aucune de nos milliers d'armes nucléaires ne peut nous protéger contre de telles menaces. Aucun système de type « guerre des étoiles » – et ici peu importe l'avancée des techniques, ni combien de trillions de dollars sont gaspillés dans ces projets – ne pourra nous protéger contre une arme nucléaire transportée dans un bateau, un avion, une mallette ou une voiture de location.

Aucune arme de notre vaste arsenal, aucun centime des 270 millions de dollars que nous gaspillons chaque année dans notre prétendu « système de défense », ne peut nous préserver d'une bombe terroriste. C'est un fait militaire.

En tant que lieutenant-colonel à la retraite et qu'orateur dans de nombreuses conférences sur la sécurité nationale, j'ai souvent mentionné le Psaume 33 : « Un roi n'est pas sauvé par son armée puissante. Un guerrier n'est pas sauvé par sa vigueur. » La réaction immédiate est : « Alors que pouvons-nous faire ? N'existe-t-il rien que nous puissions faire pour garantir la sécurité de notre peuple ? »

CONCLUSION

---

1. « Truth is, we're terrorized because we're hated », *National Catholic Reporter*, 2 octobre 1998 (traduit par l'auteur).

Si, bien évidemment. Mais pour comprendre cela, il faut connaître la vérité sur la menace. Monsieur le Président, vous n'avez pas dit la vérité sur la raison pour laquelle nous sommes la cible du terrorisme, quand vous avez expliqué pourquoi nous bombardions l'Afghanistan et le Soudan. Vous avez dit que nous étions la cible du terrorisme parce que nous représentons la démocratie, la liberté et les droits de l'homme dans le monde. C'est absurde !

Nous sommes la cible des terroristes parce que, dans une grande partie du monde, notre gouvernement a défendu la dictature, l'esclavage et l'exploitation de l'homme. Nous sommes la cible des terroristes, parce que nous sommes haïs. Et nous sommes haïs parce que nous avons fait des choses haïssables.

Dans combien de pays des agents de notre gouvernement ont-ils destitué des leaders élus par leurs peuples en les remplaçant par des dictateurs militaires, des marionnettes désireuses de vendre leur propre peuple à des multinationales américaines ?

Nous avons agi ainsi en Iran, quand les marines et la CIA ont chassé Mossadegh parce qu'il voulait nationaliser l'industrie pétrolière. Nous l'avons remplacé par le chah, dont nous avons armé et entraîné la garde nationale haïe, la Savak, qui a réduit en esclavage et brutalisé le peuple iranien – tout cela afin de protéger les intérêts financiers de nos compagnies pétrolières. Faut-il s'étonner qu'il existe, en Iran, des personnes qui nous haïssent ?

Nous avons agi de la même façon au Chili, comme au Vietnam. Nous avons tenté d'agir ainsi, plus récemment, en Irak. Et, bien sûr, combien de fois n'avons-nous pas agi de la sorte au Nicaragua et dans toutes les autres républiques bananières d'Amérique latine ?

À maintes reprises, nous avons destitué des *leaders* populaires qui voulaient répartir les richesses de leur terre entre tous ceux qui la travaillaient. Nous les avons remplacés par des tyrans assassins, qui vendraient leur propre peuple pour que la richesse de leur pays puisse revenir à des sociétés telles que Domino Sugar, United Fruit Company, Folgers ou Chiquita Banana.

Pays après pays, notre gouvernement a mis des freins à l'instauration de la démocratie, étouffé la liberté et piétiné les droits de l'homme. C'est pour cela que nous sommes haïs dans le monde, et c'est pour cela que nous sommes la cible des terroristes.

Le peuple du Canada jouit de la démocratie, de la liberté et respecte les droits de l'homme. Tout comme les peuples de Norvège et de Suède. Avez-vous entendu dire que des ambassades canadiennes aient été bombardées ? Ou encore des ambassades norvégiennes ou suédoises ?

Nous ne sommes pas haïs parce que nous pratiquons la démocratie, la liberté et les droits de l'homme. Nous sommes haïs parce que notre gouvernement refuse ces valeurs aux peuples des pays du tiers-monde, dont les ressources sont convoitées par nos multinationales. Cette haine que nous avons semée est revenue nous hanter sous la forme du terrorisme – et reviendra, à l'avenir, sous la forme du terrorisme nucléaire.

Une fois que la vérité sur les raisons de cette menace sera entendue, la solution deviendra évidente. Nous devons changer nos pratiques. Renoncer à nos armes nucléaires – unilatéralement, s'il le faut – augmentera notre sécurité. Changer drastiquement notre politique extérieure renforcera aussi cette sécurité.

Au lieu d'envoyer nos fils et nos filles à travers le monde tuer des Arabes pour prendre le pétrole qui se trouve sous leur sable, nous devrions les envoyer reconstruire leurs infra-structures, leur fournir de l'eau potable et nourrir leurs enfants affamés.

Au lieu de continuer à tuer des milliers d'enfants irakiens tous les jours par le biais de sanctions économiques, nous devrions aider les Irakiens à reconstruire leurs centrales élec-triques, leurs stations de traitement des eaux, leurs hôpitaux – tout ce que nous avons détruit et ce que nous empêchons de reconstruire avec nos sanctions.

Au lieu d'entraîner des terroristes et des escadrons de la mort, nous devrions fermer l'École des Amériques. Au lieu de sou-tenir la rébellion, la déstabilisation, l'assassinat et la terreur dans le monde, nous devrions abolir la CIA et donner l'argent économisé à des organismes humanitaires.

En bref, nous devrions faire le bien et non le mal. Qui essaie-rait de nous en empêcher ? Qui nous haïrait pour cela ? Qui voudrait, pour cela, nous bombarder ?

Telle est la vérité, Monsieur le Président. Telle est la vérité que le peuple américain a besoin d'entendre.

Bowman est évêque de la United Catholic Church, à Melbourne Beach, en Floride. Il a servi au Vietnam, où il a participé à plus d'une centaine de mis-sions aériennes de combat. Dans ce texte, il dresse un réquisitoire sans complaisance contre l'impérialisme étatsunien depuis 1945. Ce tableau sévère, mais his-toriquement peu contestable, montre que des citoyens étatsuniens, comme ceux d'autres pays, sont capables de lucidité et d'esprit critique à l'égard de leur gou-vernement. À plusieurs reprises, ils ont été plus rapides que d'autres à réagir sans complaisance aux décisions et aux actions qu'ils désapprouvaient. Après l'attentat new-yorkais de 2001, le caractère prémonitoire de cette analyse est saisissant. Mais les réactions de l'opinion publique étatsunienne à la politique décidée par l'administration Bush montrent clairement son caractère minoritaire ou isolé.

La critique faite ici de l'impérialisme étatsunien porte principalement sur les agissements des États-Unis dans ce qu'on appelait, dans les années 1970, le tiers-monde. Dans ces ex-colonies, devenues depuis peu des États indépendants, ou en Amérique du Sud, les États-Unis agirent souvent avec la plus grande brutalité. La doctrine de la porte ouverte apparaît alors crûment pour ce qu'elle est : une exploitation économique pure et simple. Mais ce qu'il est convenu d'appeler le cartiérisme, du nom du journaliste Raymond Cartier, est, d'une certaine manière, la formulation française de la doctrine de la porte ouverte. Tout en imposant leur volonté, les États-Unis mirent davantage de formes avec les pays développés. Mais les réactions récentes de Donald Rumsfeld aux choix du gouvernement français, sa volonté clairement exprimée de « punir la France », montrent que rien n'est jamais définitivement acquis.

LISTE DES ABRÉVIATIONS

AEF Afrique équatoriale française

AELE Association européenne de libre-échange

AOF Afrique occidentale française

AFL American Federation of Labor

ALENA Accord de libre-échange nord-américain

ANSEA Association des nations du Sud-Est asiatique

ANZUS Australia, New Zealand, United States Security Treaty

APEC Asia Pacific Economic Cooperation

BIRD Banque internationale pour la reconstruction et le développement

CAEM (ou COMECON) Conseil d'assistance économique mutuelle

CED Communauté européenne de défense

CEE Communauté économique européenne

CEI Communauté des États indépendants

CGT Confédération générale du travail

CIA Central Intelligence Agency

CIO Congress of Industrial Organization

CNUCED Conférence des Nations unies sur le commerce et le développement

CSCE Conférence sur la sécurité et la coopération en Europe

ECU European Currency Unit

EURATOM (ou CECA) Communauté européenne de l'énergie atomique

FIS Front islamique du salut

FMI Fonds monétaire international

FO Force ouvrière

FPLP Front populaire de libération de la Palestine
GATT General Agreement on Tariffs and Trade
GIGN Groupe d'intervention de la gendarmerie nationale
GPRF Gouvernement provisoire de la République française
IDS Initiative de défense stratégique
IRA Irish Republican Army
MERCOSUR Mercado Común del Sur
MPLA Mouvement populaire de libération de l'Angola
NASA National Aeronautics and Space Administration
NEP Nouvelle politique économique
NKVD Narodnii Komissariat Vnoutrennikh Diél
NSDAP Nationalsozialistische Deutsche Arbeitpartei
OECE Organisation européenne de coopération économique
OLP Organisation de libération de la Palestine
OMC Organisation mondiale du commerce
ONG Organisation non gouvernementale
ONU Organisation des Nations unies
OPEP Organisation des pays exportateurs de pétrole
OTAN Organisation du traité de l'Atlantique Nord
OTASE Organisation du traité de l'Asie du Sud-Est
PAC Politique agricole commune
PC Parti communiste
PCC Parti communiste chinois
PCF Parti communiste français
PCI Parti communiste italien
PCUS Parti communiste de l'Union soviétique
PDS Parti démocratique de la gauche
POUP Parti ouvrier unifié de Pologne
PS Parti socialiste

RDA République démocratique allemande
RDA Rassemblement démocratique africain
RFA République fédérale allemande
SA Sturmabteilung
SCAP Supreme Commander for the Allied Powers
SDN Société des nations
SIDA Syndrome immunodéficitaire acquis
SME Système monétaire européen
SPD Sozialdemokratische Partei Deutschlands
SS Schutzstaffel
STO Service du travail obligatoire
UDF Union pour la démocratie française
URSS Union des républiques socialistes soviétiques
VIH Virus d'immunodéficience humaine

BIBLIOGRAPHIE

Raymond Aron, *République impériale. Les États-Unis dans le monde, 1945-1972*, Paris, Calmann-Lévy, 1973

Denise Artaud, *La Fin de l'innocence. Les États-Unis de Wilson à Reagan*, Paris, Armand Colin, 1985

Jean-Baptiste Duroselle, *Tout empire périra. Vision théorique des relations internationales*, Paris, Publications de la Sorbonne, 1981

Jean-Baptiste Duroselle, *De Wilson à Roosevelt. Politique extérieure des États-Unis 1913-1945*, Paris, Armand Colin, 1963

Jean-Baptiste Duroselle, *La France et les États-Unis des origines à nos jours*, Paris, Seuil, 1976

René Girault, *Diplomatie européenne et impérialismes 1871-1914*, Paris, Masson, 1979

René Girault et Robert Frank, *Turbulente Europe et nouveaux mondes 1914-1941*, Paris, Masson, 1988

René Girault, Robert Frank et Jacques Thobie, *La Loi des géants 1941-1964*, Paris, Masson, 1993

Henri Grimal, *La Décolonisation 1919-1963*, Paris, Armand Colin, 1965

Alfred Grosser, *Les Occidentaux. Les pays d'Europe et les États-Unis depuis la guerre*, Paris, Fayard, 1978

Jean Heffer, *Les États-Unis de Truman à Bush*, Paris, Armand Colin, 1990

Pierre Mélandri, *Les États-Unis face à l'unification de l'Europe 1945-1954*, Paris, Pedone, 1980

Pierre Mélandri, *La Politique extérieure des États-Unis de 1945 à nos jours*, Paris, PUF, 1982

TABLE DES MATIÈRES

RÉALISATION : CURSIVES, PARIS
IMPRESSION : NORMANDIE ROTO IMPRESSION S.A.S À LONRAI
DÉPÔT LÉGAL : MARS 2007. N° 90748 (070482)
IMPRIMÉ EN FRANCE